詩詞

一首古詩詞·夏

微風，生命、希望與再生的歌頌

陳光遠，陳秉志 著

----- 燦爛的夏日陽光，見證生命的盛放 -----
詩詞如同夏日的微風，輕輕吹拂著我們的心靈

對生命、希望與再生的歌頌
從詩詞的文字中感受生活的熱情

目錄

鏡湖三百里，菡萏發荷花。

五月西施採，人看隘若耶。

回舟不待月，歸去越王家。

—— 唐・李白《子夜四時歌・夏歌》

夏花爛漫雨打浮萍

四月・孟夏

　　人間四月芳菲盡，山寺桃花始盛開。

五月・仲夏

　　梅子金黃杏子肥，麥花雪白菜花稀。

六月・季夏

　　畢竟西湖六月中，風光不與四時同。

四月

初一

大林寺桃花

[唐]白居易

人間^①四月芳菲^②盡，山寺桃花始盛開。

長恨^③春歸無覓處，不知^④轉入^⑤此中^⑥來。

📖 **注釋**

①人間：此處指山下的村落。②芳菲：芳香的花草。③長恨：常常惋惜。「長」同「常」。④不知：豈料，想不到。⑤轉入：改變方向進入。⑥此中：此處指深山的寺廟裡。

📖 **譯文**

四月時山下的花草凋零已盡，大林寺的桃花竟然剛剛盛開。

我常惋惜春光逝去無處尋覓，豈料它轉到這座深山寺廟了。

📖 賞析

　　詩人初夏四月遊歷大林寺，在這座寺廟中與初放的桃花不期而遇，想到此時山下芳菲已盡，這始料未及的春光讓他倍感驚喜。

　　前兩句交代時間和地點。首句詩人不用「山下」、「山外」、「鄉村」，而用「人間」，這種遣詞值得細細品讀。「人間」一詞，不僅僅為了與「山寺」對仗的工整而用，還有眼前事物之意，「山寺」一詞意味深邃，也許是詩人忘憂、釋懷、寬慰的仙境。「芳菲盡」與「始盛開」描寫詩人登山已值初夏，山下村莊裡的鮮花已經凋落，綠葉取代了鮮花的顏色，世間花兒一到了四月「芳菲」已盡，是「人間」的真實寫照。沒想到的是，在山中古寺中能與「桃花」不期而遇，見到這樣的景色，心情自然大為欣喜。詩人用「桃花」代替抽象的春光，用「始盛開」代替花開豔麗之狀，反而把春光寫得更加具體可感、形象美麗。

　　後兩句寫詩人心中的嘆謂感慨。承接首句的「芳菲盡」，轉而想到鮮花開敗時那種惜春、傷春的情懷。「長恨」隱約展現出詩人內心的一種孤獨和傷感，「無覓處」突顯了詩人對春光逝去的怨恨或失望之情。結句的「不知」起反轉作用，「不知」是想不到的意思，想不到是自己錯怪了春光，原來這大好春光並沒有歸去，只不過像孩子一樣跟人捉迷藏，偷偷地躲到這深山的寺廟裡來了而已。「轉入」給「春」安上了雙腳，彷彿像人一樣，從

「人間」跑到山寺，形象更加天真可愛、活靈活現。此詩還富有哲理韻味，當人們從現實生活中或眼前事務中無法自拔時，不妨換一個角度去思考，可能會有一種驀然回首的感覺。

全詩想像豐富、構思精巧，更兼意境深邃、富有情趣。

📖 拓展

大林寺在_____大林峰，相傳為晉代僧人所建，為中國佛教聖地之一。以《愛蓮說》名傳後世的周敦頤曾有詩云：「三月僧房暖，林花互照明。路盤層頂上，人在半空行。」以此讚美大林寺，而今因興修水利，大林寺被淹沒於湖中。

A.嵩山　　B.黃山　　C.秦嶺　　D.廬山

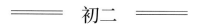

初二

遺愛寺

〔唐〕白居易

弄①石臨溪坐，尋花繞寺行。
時時聞鳥語②，處處是泉聲。

📖 注釋

①弄：在手裡把玩。②鳥語：鳥鳴聲。

📖 譯文

坐在溪水邊把玩手裡的石頭，為尋覓鮮花繞著寺院而行走。
時時刻刻都能聽到鳥鳴聲音，隨時隨處都能聽見泉水響聲。

📖 賞析

詩中將多種自然景物組合在一起，語境直白，淺顯易懂，描繪了一幅風景秀麗、聲音悅耳、生機勃勃的畫面，勾勒出遺愛寺令人神往的風景，展現出詩人熱愛自然的情懷。

西元八一五年，大唐宰相武元衡在長安城上朝路上，被躲在暗處的刺客射滅燈籠後遇刺身亡。對如此大事，當時掌權的宦官集團和舊官僚集團居然保持鎮靜，不急於處理。白居易卻上書力主嚴緝凶手，被朝中大臣認為是越權行為，於是被貶謫為江州刺史。在江州期間，白居易不僅留下近三千首詩，還吸取了老莊的知足思想、齊物觀念、逍遙理念和佛家的解脫思想。文學主張上認為詩歌必須寫得既真實可信，又淺顯易懂，還便於入樂歌唱，才算達到極致，這種詩文主張，從此詩中也不難看出。

「弄石臨溪坐，尋花繞寺行」是直白地告訴人們詩人出遊的目的。詩人在小溪邊坐下，把玩手裡的石頭，又聞到陣陣花香，不禁站起來，繞著寺院尋找鮮花在何處。「弄」、「坐」、「尋」、「行」四個連貫的動作將「石」、「溪」、「花」、「寺」完美

地組合在一起，已將山中重點的幾處景物全部勾勒出來。僧人所居，大多有山石、流水、繁花、芳草，景色安靜祥和，令人心曠神怡、流連忘返。

後兩句描寫遺愛寺周圍生機盎然、清幽雅緻的環境。「時時聞鳥語，處處是泉聲」描繪這裡鳥聲恰恰、婉轉動聽，宛如天堂；溪水汩汩、不絕於耳，恰如仙境。上有「鳥語」，下有「泉聲」，彷彿在山中深處欣賞大自然的交響樂。勾勒出一幅在尋花路上花香相伴、動聽悅耳的鳥鳴和叮咚清脆的泉水聲交織的畫面，展示出一種流動、活潑之美，讓人在視覺、嗅覺和聽覺上都得到了享受與陶醉。無論是時間上的「時時」，還是空間上的「處處」，都表達出詩人對大自然的無限熱愛之情。全詩對仗工整，字詞精練，前後關照，互相映襯。

📖 拓展

白居易的思想綜合了儒、佛、道三家，以儒家思想為主導。「達則兼濟天下，窮則獨善其身」是白居易終生遵循的信條。他被貶為江州司馬後，《遺愛寺》是其在任上遊覽_____的遺愛寺時有感而作。

A. 嵩山　B. 黃山　C. 鐘山　D. 廬山

初三

題鶴林寺①僧舍

［唐］李涉

終日昏昏②醉夢間，忽聞春盡強③登山。

因過竹院逢僧話，偷④得浮生⑤半日閒。

📖 注釋

①鶴林寺：原名古竹院、竹林寺，始建於晉代，唐代著名古寺之一。②昏昏：迷迷糊糊。③強（ㄑㄧㄤˇ）：勉強。④偷：一作「又」。⑤浮生：出自《莊子》的「其生若浮」，意為人生漂浮無定，如無根之浮萍，不受自身之力所控。

📖 譯文

整天昏昏沉沉的就像在醉夢之中，忽然聽說春將逝去才勉強去登山。

因路過竹院時和僧人有一席談話，不但忘卻塵世煩惱又得半日悠閒。

📖 賞析

李涉（ㄕㄜˋ）曾官至太學博士，後被流放到南方桂林。他擅長七絕，詩傳世雖不多，但此詩因其「偷得浮生半日閒」一句

警語，在古人詩話中多被引用而流傳於世。

　　首句先點明詩人漠然的心態。自言自己整天昏昏沉沉的，像喝醉了酒一樣，又像在做夢似的，以至於整個春天即將過去了都渾然不知。緊接著「忽聞春盡」，似乎是突然察覺到了春末夏初時節，天氣炎熱起來了，及時「登山」也是勉強而為之。

　　第三句則筆鋒一轉，情緒上發生重大變化。「因」為介詞，有「由於」之意，「竹院」就是寺院，即僧人參禪悟道修行之地。佛家追求虛懷若谷、清高脫俗的境界，因此特意種竹，以竹為鄰，可常常提醒修行者，萬般皆是虛妄，當常懷「空」心。詩人在山上的竹院裡遇到了僧人，詩人有幸和僧人交談了一席話，一掃此前百無聊賴的情緒。從最後一句來看，可能是與僧人的一番談話，使詩人得以忘卻塵世的煩憂，解開了煩亂的心緒，找回生命的本真。

　　詩中沒有交代與僧人具體交談了什麼、談了多久，僅從結尾一句「偷得浮生半日閒」來看，與僧一席話，勝讀十年書，僧人似乎為詩人點亮了一盞心燈，引發心靈自覺，頓覺世間光明。唯有經過修身養性、調理自我，摒棄大腦裡不好的情感、思想，才能達到這種境界。在有的詩詞版本中作「又得浮生半日閒」，其實「偷得」也好，「又得」也罷，都是一種自然之道。結尾的「閒」字，既是空閒、不忙碌之意，也是悠閒安靜、不煩躁之意。

從整首詩中可以看出，詩人並非無憂無慮、渾渾噩噩的，而是在名利場中仕途不順、情緒不佳，這次情緒調節，可以讓自己處變不驚。

📖 拓展

李涉一生仕途不順，在唐憲宗時曾被貶＿＿＿＿＿＿，唐文宗時又被流放。其間情緒極其消沉，自言「終日昏昏醉夢間」，然而在與鶴林寺高僧的閒談之中，或許化解了沉溺於世俗之憂煩，深得禪意，能為心靈增添些許的愉快。

A. 湖北襄陽　B. 四川邛崍　C. 安徽宿州　D. 江蘇鎮江

═══ 初四 ═══

江村即事

［唐］司空曙

釣罷①歸來不繫②船，江村月落正堪③眠。
縱然④一夜風吹去，只在蘆花⑤淺水邊。

📖 注釋

①罷：完了，完畢。②繫：拴，捆綁。③正堪：正可以，正好能夠。④縱然：即使。⑤蘆花：生於河流、池沼岸邊淺水中的禾本科植物蘆葦的花。

📖 譯文

　　垂釣歸來顧不得繫上船繩，江村安靜，殘月已沉，正好入睡。

　　即使夜裡起風把小船吹走，也只會停在附近長滿蘆花的岸邊。

📖 賞析

　　此詩描述一位垂釣者在深夜歸來，連船也顧不得繫就上岸就寢之事，描繪了江村寧靜優美的景色，表現了釣者悠閒的生活情趣。「釣罷歸來」天色已晚，說明垂釣者這一天興致高漲，「不繫船」是懶得繫船，顯示出垂釣者的從容灑脫，讓漁船任意飄蕩。「不繫船」三字為全詩關鍵，與僧人志南的「古木陰中繫短篷」的心思縝密是不一樣的。

　　此時夜色已深，月亮行將落下，人已經疲倦，該睡覺了，因此，連船也顧不得繫或懶得繫。「江村月落正堪眠」點明下船的地點、時間和人物的心情。地點是江村，時間是月落時分，人物此時的心情是滿身疲憊，正思睡眠。一個「堪」字，既表現出人物此時睡眠之切，又說明江村幽靜的環境正適合安眠。

　　但「不繫船」能安然入睡嗎？第三、四句層層遞進，夜間即便被風吹去了也沒關係，只不過停靠在「蘆花淺水邊」。不僅交代了首句「不繫船」的原因，同時使人深深體會到江村風景的靜

謐幽美、社會生活的安定太平及人物心境的歡暢閒適。

透過「釣罷歸來不繫船」這樣一件小事，描寫江村情事，以小見大，詩人巧用「縱然」、「只在」等關聯詞語，一放一收，把意思更推進一層，詩人並沒有刻劃靜謐美好的環境，卻將釣者悠閒的生活情趣和江村寧靜優美的景色躍然紙上。

全詩語言真率自然，清新俊逸，與富有詩情畫意的幽美環境十分和諧，刻劃出一位垂釣者的閒適、寧靜、自由。不僅別具一格，還展現出一種無拘無束的老莊思想。

📖 拓展

司空曙為人磊落有奇才，其詩多為行旅餽贈之作。與李端、盧綸、吉中孚、韓翃、錢起、苗發、崔峒、耿湋、夏侯審合稱「大曆十才子」。他們既無共同的組織，也無共同的宣言，但他們有著共同的思想基礎和審美趣味，遵循著共同的創作原則，又相互唱和，交往密切。司空曙和「大曆十才子」中＿＿＿＿的是表兄弟，詩歌能力相匹，關係十分親密。

A. 韓翃　B. 錢起　C. 李端　D. 盧綸

═══ 立夏 ═══

客中 初夏

［北宋］司馬光

四月清和^②雨乍晴，南山當戶^③轉分明^④。

更無柳絮因風起，唯有^⑤葵花向日傾。

📖 注釋

①客中：旅居他鄉。②清和：天氣晴朗和暖。③當戶：正對門。④轉分明：變得更加明淨。⑤唯有：僅有，只有。

📖 譯文

初夏四月的天氣晴朗而暖和，雨後對面的南山更加明淨。

眼前已無隨風飄起的柳絮了，只有葵花還始終朝向太陽。

📖 賞析

宋神宗熙寧四年（西元一〇七一年），司馬光竭力反對王安石變法，因而被迫離開汴京，退居洛陽，直到哲宗即位才回京任職，這首詩是在其退居洛陽時所作。詩中暗自表達了不想做人云亦云、隨風搖擺的「柳絮」，甘願選擇做一株向日綻放的「葵花」。

在春盡夏初之際，一幅雨後初晴、明淨和暖的畫面躍然紙上。初夏的雨是短暫的、清爽的，驅散了春天的寒意，洗淨了

空氣的塵埃，帶著泥土的清香，使人心曠神怡。「雨乍晴」說明雨後初霽，天色明朗，「轉分明」說明對面的南山清晰可見，近景是沁人心脾的，遠景是青翠怡人的。前兩句形象鮮明地展現出初夏的雨後清新之景，描繪出一種清明和暖的氣氛，使整首詩充滿了夏雨的味道和夏日的舒適感。鋪陳之後要表達此情此景是有所寄託的，「更無柳絮因風起，唯有葵花向日傾」是暗喻一場政治風雨過後，已無那些像柳絮般隨風轉舵的小人，唯有向陽怒放的「葵花」才值得人們尊敬。

　　司馬光孝順父母，友愛兄弟，忠於君王，從政後久在官場，歷仕四朝，政績卓著。在王安石主持變法時，司馬光並未公開持反對意見，甚至有人要彈劾王安石時，他還進行勸解和說服。直到王安石頒發「青苗法」時，司馬光才表示不同意見，他認為縣官靠權柄放錢收息要比平民放貸收息危害更大，因此表現了強烈不滿。後請求退居洛陽，自此居洛陽十五年，不問政事。在洛陽期間，司馬光主持編撰了兩百九十四卷近四百萬字的編年體史書《資治通鑑》，這裡既是他的寓所，也是《資治通鑑》的發源地。

📖 拓展

　　整首詩是一幅動態的畫面，詩人不喜濛濛細雨，也不讚隨風飛舞的柳絮，而把讚美給了葵花，不難發現詩人非獨愛葵花，而是言在此而意在彼。司馬光久在官場，將一些人比作人

云亦云的「柳絮」，隨風飄擺，選擇「葵花」是司馬光的心志所在。詩中「唯有葵花向日傾」的「葵花」是指＿＿＿＿，「葵花」向日，取忠於陽光之意。

A. 向日葵　B. 秋葵　C. 葵菜　D. 黃葵

═══ 初六 ═══

題花山寺壁

［北宋］蘇舜欽

寺裡山因花得名，繁英①不見草縱橫②。
栽培剪伐③須勤力，花易凋零④草易生。

📖 注釋

①繁英：繁盛的花。②草縱橫：野草叢生。③剪伐：指斬去枯枝敗葉。④凋零：凋落衰敗。

📖 譯文

花山寺是因花卉繁多而得名，到這裡卻不見鮮花，只見雜草叢生。

鮮花栽種培養和修枝很重要，不然雜草長勢瘋狂，花兒容易凋零。

📖 賞析

「花山寺」地址不詳，《鎮江府志》載有沈括詩《遊花山寺》一首，據此可知，花山寺可能在鎮江。詩人春日來到「花山寺」遊玩，不見百花開放，只見野草叢生、荒蕪不堪，覺得「花山寺」名不副實，於是有感而作，指出栽培花木必須時刻注意修整，剔除糟粕，保持精華，只有這樣才能芬芳常在，蘊含的哲理值得深思。

花山寺本來因為種滿各種花卉而聞名，山寺、繁花構成了詩人想像中的一幅圖景，因此要想一睹芳容，必須親身前往。可來到這裡，卻發現雜草叢生、一片荒蕪，不免令人失望掃興，遊覽的興致頓時全無。「繁英」與「草」本是自然界兩種常見的植物，相伴相生、相互映襯，詩人把兩者比作此消彼長的兩個存在體，進而可以想像為將「繁英」喻為賢臣君子，將「草」喻為奸佞小人，因而說蘇舜欽藉此詩表達對革新除弊的企望也不是沒有道理的。

後兩句從主觀和客觀兩個角度闡述自然現象。「栽培剪伐須勤力」是從主觀上說，「栽培」百花和「剪伐」野草必須兢兢業業地去做，如果忽略了今日的「栽培剪伐」，沒有思想上的警覺，沒有行動上的措施，局面將會變得被動，後患必然無窮。「花易凋零草易生」是自然界的客觀規律，所謂「野火燒不盡，春風吹又生」，正是有感於野草旺盛的生命力，沒有「勤力」，就會助長

草勢的瘋狂。

從詩人對這兩句次序的安排上看，顯然是特別強調人的主觀原因，因而具有深刻的哲理性。

📖 拓展

慶曆年間，因蘇舜欽用所拆奏封的廢紙換錢置酒，被御史中丞王拱辰誣奏，削籍為民。他離開開封前往蘇州，以四萬貫錢買下五代時吳越國的一處池館，幾經修築，使園外之水與園內之山自然地融為一體，命名為「＿＿＿＿」。歐陽修曾有詩雲「清風明月本無價，可惜只賣四萬錢」來題詠此事。這座園子與獅子林、拙政園、留園等一起被列為蘇州市宋、元、明、清四大園林。

A. 網師園　B. 退思園　C. 耦園　D. 滄浪亭

═══ 初七 ═══

渡漢江①

[唐] 宋之問

嶺外②音書斷，經冬③復歷春④。
近鄉情更怯，不敢問來人⑤。

📖 注釋

①漢江：指漢水中游的襄河。②嶺外：五嶺以南的廣大地區通常稱為嶺南。③經冬：經過了冬天。④歷春：度過了春天。⑤來人：渡漢江時遇到的從家鄉來的人。

📖 譯文

流放到嶺南一直沒有家人的音訊，我熬過了冬天又經歷一個春天。

過了漢水離家越近心裡越是膽怯，反而不敢向故鄉來人打聽情況。

📖 賞析

《渡漢江》的作者一說為宋之問（約西元六五六年至七一二年），一說為李頻（西元八一八年至八七六年），南宋洪邁的《萬首唐人絕句》裡將此詩歸入李頻名下，首句為「嶺外音書絕」。從宋之問另一首《題大庾嶺北驛》看，宋之問有去過嶺外的經歷，所以才會有像《渡漢江》詩中那樣設身處地的感想，而李頻並沒有到嶺南任職的記錄。

這首小詩言簡意賅卻意味深長，真實地刻劃了詩人久別還鄉激動而又複雜的心情。

前兩句寫詩人貶居嶺外，思念親人，又長期得不到家人的

任何音訊，心情極其苦悶。「音書斷」導致詩人一方面固然日夜思念家人，另一方面卻又時刻擔心家人的命運，怕他們由於自己的事受到牽連或其他原因遭到不幸。此處的「斷」字用得十分貼切，古人認為湖南衡山的回雁峰，冬天大雁南飛，飛到這裡就不再前行，「衡陽雁斷」寓意音信阻斷。更何況又是「經冬復歷春」，在這種情況下熬過了冬天又經歷一個春天，捱過漫長的時間。這種難以忍受的精神痛苦，歷歷在目，鮮明可見，更顯真切，耐人咀嚼。

後兩句層層遞進，逐步展示，描寫詩人逃歸途中的心理變化。「近鄉」是走近家鄉。漂泊而回，離家鄉越來越近，在外遊子往往是心懷激動、溢於言表的，而詩人表達的卻是「情更怯」，離家人越近，擔憂也越厲害，簡直變成了一種害怕。這個源於在武則天臨朝執政時，詩人依附於武后的男寵張易之等人，但武后退位後，迎立唐中宗即位，宋之問與杜審言等人皆遭貶謫。此時是逃回家鄉，又是政治動盪及個人寵辱無常之時，心中自然「情更怯」了。這種矛盾心理，在逃歸的路上，特別是渡過漢江後「情更切」變成了「情更怯」，「急欲問」變成了「不敢問」。越接近重逢，詩人便越有憂慮，這種心情發展到極端，憂慮就會變成一種恐懼，使其不敢面對現實。

📖 拓展

在江西、湖南、廣東、廣西四省的邊境，有一條呈東北 —— 西南走向的山脈，被稱為五嶺。從古籍中考證，凡屬越城嶺、都龐嶺、萌渚嶺、騎田嶺、＿＿＿＿以南，即為嶺南地區。

A. 大庾嶺　B. 騰雲嶺　C. 天井嶺　D. 五皇嶺

═══ 初八 ═══

江南曲（其三）

[唐]儲光羲

日暮長江裡，相邀歸渡頭①。

落花如有意，來去逐②船流。

📖 注釋

①渡頭：渡口。②逐：追逐，追隨。

📖 譯文

暮色照在長江水面，我們相邀一起回到渡口。

落花好似有情有意，緊緊追隨小船不願分離。

📖 賞析

　　江南曲是樂府舊題，唐代詩人學習樂府民歌，多採用這些舊題，創作了不少清新平易、明麗活潑的詩歌。儲光羲的《江南曲》就屬於這一類作品，組詩共四首，第一首描寫江南水鄉人們勇敢豪邁的性格，第二首描寫青年男女的生活片段，第四首描寫純真質樸的愛情故事，此詩為第三首，描寫江南水鄉青年男女熱情歡愉的生活氛圍。

　　首句點出時間、地點。時間是在太陽快落山的時候，地點是在長江的江面上，展示出一輪夕陽的光亮鋪在波光搖曳的江面上。「渡頭」就是渡口，「相邀歸渡頭」的「相邀」二字，刻意渲染出熱情歡愉的氣氛。長江的行船上，青年男女相互呼喚，江面上的槳聲、水聲、呼喚聲、嬉笑聲此起彼伏，也為後兩句埋下伏筆。

　　後兩句於無聲處創造了一個優美的意境。詩人抓住「落花」這個在江水裡非常細小的景物，賦予人的感情，從而創造出另一番意境。落花最容易使人傷感，但詩人筆下的落花不是無情物，落花隨著流水來去漂蕩。「如有意」恰如其分地將其感情化了，表現出詩人所要表達的感情和心理狀態。

　　「來去逐船流」用最單純的自然美體會人間美，用最簡單的快樂感知生活。詩中「落花」的情感展現在「來去」二字，到底是花有意還是人有意？落花飄入流水，隨流水逐船而去，這種

緊緊相隨、不願分離的情景,在有情人的眼裡代表了青年男女那種微妙的、含蓄的、難以言表的、難以捉摸的感情。

　　有的詩句要藉助於刻劃和渲染,而有的詩句卻正以平實見長。詩人能以樸素、簡潔的語言描繪出含蓄的情意,是因為其所寫的事物本身就具有感染力,其表現手段越平實,越能使讀者看到事物的真相和原形,從而也更容易吸引讀者。

📖 **拓展**

　　儲光羲是盛唐時期著名的田園山水詩人,與王維友誼深厚,因仕途失意,曾隱居_____,後出山任太祝,世人稱「儲太祝」。安史之亂中,叛軍攻陷長安,詩人被囚俘後被迫任職,安史之亂平定後,被朝廷貶謫嶺南,故江南儲氏多為儲光羲後裔,其被尊稱為「江南儲氏之祖」。

　　A. 太白山　B. 華山　C. 九華山　D. 終南山

初九

望廬山瀑布(其二)

[唐] 李白

日照香爐①生紫煙②,遙看瀑布掛前川③。
飛流直下三千尺,疑是銀河落九天④。

📖 注釋

　　①香爐：指廬山的香爐峰。②紫煙：日光透過雲霧，遠望如紫色的煙雲。③前川：一作「長川」。川：河流，這裡指瀑布。④九天：傳說古代天有九重，即天空最高處。

📖 譯文

　　太陽照耀香爐峰生出紫色煙霧，遠遠望去瀑布像長河掛於山前。

　　水流飛奔彷彿三千尺直衝而下，以為是銀河從九天垂落於人間。

📖 賞析

　　李白一生寫了不少描繪大自然鬼斧神工、讚美壯麗山河的優秀詩篇。《望廬山瀑布》便是其中的代表作之一。《望廬山瀑布》詩共有兩首，第一首是五言古詩，刻劃瀑布的雄奇壯偉。此詩為膾炙人口、流傳最廣的第二首，描寫廬山瀑布豐富多彩、宏偉瑰麗的特點。

　　與李白另一首七絕《登廬山五老峰》（「廬山東南五老峰，青天削出金芙蓉。九江秀色可攬結，吾將此地巢雲松。」）中吟詠廬山美景不同，這首《望廬山瀑布》的側重點在「望」字，詩人在香爐峰下，遠遠地觀賞這裡的風景，既寫出了廬山瀑布奇麗雄偉的獨特風姿，也反映了青年李白胸襟開闊的精神面貌。

　　首句先寫目光所及的最高處 —— 香爐峰的景緻。香爐峰四周雲霧迷漫，當太陽的光輝照射在香爐峰上時，香爐峰升起紫色的煙霧，裊裊輕揚。煙霧不是灰色，不是白色，而是紫色，究其原因，香爐峰下有「瀑布」，經日光反射，呈紫紅色，遠望過去，在形似香爐的高峰上盤旋繚繞的就是紫色的煙雲了。「生」字則恰當地寫出了水氣蒸騰、混入雲氣的樣子。接著，詩人將視線移向景觀的主體 —— 瀑布，「遙看」呼應題目的「望」，「掛前川」是「望」的第一印象，瀑布如一條巨大的白布高掛於山川之間。「掛」字化動為靜、唯妙唯肖。「飛流直下」是「望」的第二印象，山高陡峭，懸崖斷壁，水流湍急，呈勢不可當之狀。「飛」字把瀑布噴湧而出的景象描繪得極為生動。「銀河落九天」是「望」的第三印象，臨空而落，雄奇瑰麗，人間罕見，恍惚之中聯想到像一條銀河從天而降。「落」字形現出氣勢磅礴、居高臨下、驚人魂魄的氣象。

　　全詩構思新穎，簡練明快，誇張而又自然，新奇而又真切，使人對廬山瀑布擁有了深刻不凡的印象。

📖 **拓展** ··

　　廬山以雄、奇、險、秀聞名於世，素有「匡廬奇秀甲天下」之譽。無數文人墨客親臨廬山留下數千首詩詞歌賦，尤以李白的《望廬山瀑布》和_____的《題西林壁》最為出名。

　　A. 王安石　B. 蘇軾　C. 黃庭堅　D. 白居易

初十

望天門山

[唐] 李白

天門①中斷②楚江開③，碧水東流至此回④。

兩岸青山⑤相對出⑥，孤帆一片日邊來。

注釋

①天門：天門山，今安徽省東梁山與西梁山的合稱，兩山隔江相對。②中斷：江水從中間隔斷兩山。③開：斷開。④回：迴旋，迴轉。⑤兩岸青山：分別指東梁山和西梁山。⑥出：出來，出現。

譯文

天門山被楚江衝破斷開，碧水東流到此猛烈迴旋。

兩岸青山相對徐徐出現，一葉孤舟像從日邊駛來。

賞析

西元七二五年，李白第一次出蜀，他「仗劍去國，辭親遠遊」，路過峨眉山時，寫下《峨眉山月歌》；來到楚地時，寫下《渡荊門送別》；遊覽廬山時，寫下《望廬山瀑布》；行至天門山時，寫下《望天門山》。正如李白出蜀之前所言：「大鵬一日同風

起，扶搖直上九萬里。」首首都能體會到李白對大好河山的新鮮喜悅之感，對未來建功立業的雄心壯志之情。

首句描寫楚江衝破天門山奔騰而去的壯闊氣勢。天門山夾江對峙，「中斷」一詞形象地寫出了兩山峭拔相對的險峻。楚江洶湧衝擊，撞開了「天門山」，使它中斷而成為東、西兩山。次句反過來寫天門山南北對峙，對洶湧奔騰的楚江的約束力和反作用力。「至此回」又作「向北迴」，楚江透過狹窄通道時激起迴旋，波濤洶湧地向北折返。「斷」、「開」、「流」、「回」將山的俊俏、水的浩蕩寫得頗有氣勢。李白「望」天門山時，首先望見的是令人讚嘆的雄壯氣勢。

後兩句描寫在舟行過程中「望天門山」時所見的姿態。「兩岸青山相對出」的「出」字使本來靜止不動的天門山看上去有了動態，原因是詩人在船上順江前行，從視角上看「兩岸青山」在漸漸變大，化靜為動，東梁山和西梁山「相對」而長出，形象而逼真。「孤帆一片日邊來」是借代手法，「孤帆」為孤舟被日光所映，遠遠望去，好像來自「日邊」。「出」是垂直動作，「來」是水平移動，傳神地描繪出舟船張帆乘風破浪、越來越靠近天門山的情景。

全詩語言形象生動，畫面色彩鮮明，充分顯示出李白豪邁奔放、自由灑脫、無拘無束的自我形象和豪放飄逸的詩風。

拓展

李白出蜀時年滿二十四歲，用了兩年的時間遊歷了今湖北、湖南、安徽等長江沿線地區，並結識了大詩人孟浩然，據說，在孟浩然的撮合下，西元七二七年，李白娶了前宰相許圉（ㄩˇ）師的孫女為妻。此後，李白將家安於_____，這是李白的第一次婚姻，其在此生活多年。

A. 安陸　B. 當塗　C. 揚州　D. 汝州

十一

早發白帝城

[唐] 李白

朝辭白帝①彩雲間②，千里江陵③一日還。
兩岸猿聲啼不住④，輕舟已過萬重山⑤。

注釋

①白帝：白帝城，故址在今重慶市奉節縣白帝山上。②彩雲間：因白帝城在白帝山上，地勢高峻，彷彿聳入雲間。③江陵：位於今湖北省中南部，因「地臨江」、「近州無高山，所有皆陵阜」而得名。④住：停息。一作「盡」。⑤萬重山：層層疊疊的無數山巒。

📖 譯文

早晨告別高聳入雲的白帝城，順江而下一天抵達千里外的江陵。

兩岸猿猴啼聲還在耳邊迴盪，不知不覺間小船已穿過無數山峰。

📖 賞析

此詩是李白因事被流放、行至白帝城的時候，忽然收到赦免的訊息，驚喜交加，隨即乘舟東下江陵，借江水浩蕩湍急，輕舟順水東行，抒發了詩人遇赦後那種歡快愉悅的心情。作此詩前一個月，李白曾寫過《上三峽》──「三朝上黃牛，三暮行太遲。三朝又三暮，不覺鬢成絲。」故此詩題目又作《下江陵》。

首句直接展現了詩人內心喜不自勝的心情。「朝辭」是在曙光初現的匆匆離別，「彩雲間」是清晨白帝城瑰麗的五彩雲霞，既描寫白帝城地勢之高，又暗含朝廷隆恩，永珍更新，心情一片大好之意，故詩人懷著興奮的心情告別白帝城。次句描寫舟行之快。被流放時，李白自潯陽出發，夏至江夏，秋至江陵，冬入三峽，可見距離之遠、時間之長、舟行之慢、步伐之緩，如今心情不再沉重，一天之內便到達了千里之外的「江陵」。「江陵」不是詩人的故鄉，詩中的「還」字卻把到「江陵」看作如同回鄉一樣，是因「江陵」地處長江中游，江漢平原西部，南臨長

江，北依漢水，古稱「七省通衢」，回到江陵等於回到中原的懷抱了。

第三、四句既是個人心情的表達，又是人生經驗的總結，因物感興，精妙無倫。詩人途經長江三峽，兩岸重巒疊嶂，常有猿猴長嘯。這種淒厲的猿啼聲很容易使離家遠行的遊子感到傷感。詩人說「啼不住」，也作「啼不盡」，是因為輕舟行駛在長江上，耳聽岸邊的猿啼聲不止一處，一處連著一處，渾然一體，以山影猿聲烘托行舟飛進。第四句用行舟輕如無物的狀態回答這次聽到的「兩岸猿聲」，不僅毫無哀戚之感，反倒充滿輕鬆愉悅之情。

📖 拓展

安史之亂爆發，玄宗倉皇出逃，命其第十六子永王李璘經營長江流域。永王三請李白出廬山，李白應召參加了永王幕府，隨軍途中寫下《永王東巡歌》十一首。此時太子李亨在沒有收到詔書的情況下，在潼關自立為皇帝。永王擁兵自重，兵敗後，李白作為同黨被判處流放_____。後因關中大旱，朝廷宣布大赦，「死者從流，流以下赦免」。李白流離到白帝城時，終於獲得了自由。

A. 潮州　B. 房縣　C. 川西　D. 夜郎

═══ 十二 ═══

獨坐敬亭山

［唐］李白

眾鳥高飛盡，孤雲①獨去閒②。

相看兩不厭③，只有敬亭山④。

📖 **注釋**

①孤雲：化用陶淵明《詠貧士詩》中「孤雲獨無依」之句。②閒：悠閒。③厭：厭倦。④敬亭山：在今安徽省宣城市，擁有一峰、淨峰、翠雲峰三大主峰。

📖 **譯文**

一群鳥飛得無影無蹤，白雲孤獨悠閒地飄去。

彼此不知厭倦地看著，只有我和這敬亭山了。

📖 **賞析**

李白一生暢遊山水，遊廬山時有「日照香爐生紫煙，遙看瀑布掛前川」的豪情；遊天門山時有「天門中斷楚江開，碧水東流至此回」的舒暢；遊秋浦時有「爐火照天地，紅星亂紫煙」的激情。這首詩的字裡行間則流露出詩人孤獨、寂寞和無奈的情緒。

前兩句看似寫眼前之景，其實是詩人傷感落寞、內心孤寂

的真實寫照。「鳥」本應該是自在的,「雲」本應該是悠閒的,可在詩人眼中,天上一群鳥兒高飛遠去,消失得無影無蹤,空中還有一片白雲,似乎也不願為他停留,慢慢地飄向遠方,似乎世間萬物都在遠離詩人。「獨去閒」又作「去獨閒」,「盡」和「閒」讓人感到在一群鳥的喧鬧聲之後,山中特別清靜,在白雲消失之後,天空特別清幽,在這樣一種淒靜的境界裡,很容易品味到詩人內心的孤寂和無奈。值得關注的是,在遼闊的天空中,不可能只有一片雲彩,詩人的「眾鳥」、「孤雲」還有深層含義,以孤雲自比,象徵著詩人孤獨無依的處境和命運,表現了詩人安貧守志、不慕名利的情懷。

三、四兩句「相看兩不厭,只有敬亭山」用浪漫主義手法,將「敬亭山」人格化,表現人在孤獨時與山的相依之情。「兩不厭」表達了詩人與「敬亭山」之間的含情脈脈、感情深厚。「只有」二字突出表現了詩人內心深處的孤獨之情。

詩中沒有一字對「敬亭山」景觀的描寫,反而愈加襯托出山中風景秀美、青翠可人。

📖 拓展

敬亭山是中國歷史文化名山,屬_____山脈餘脈,景色滿目青翠,雲霧環繞,顯得特別靈秀。自李白《獨坐敬亭山》詩篇傳頌後,敬亭山聲名鵲起,白居易、杜牧、韓愈、劉禹錫、王

維、孟浩然、李商隱、顏真卿、韋應物、陸龜蒙、蘇東坡、梅堯臣等慕名登臨，吟詩作賦。

A. 泰山　B. 黃山　C. 華山　D. 廬山

十三

相思①

[唐]王維

紅豆②生南國③，春來發幾枝？

願君多採擷④，此物最相思。

📖 **注釋** ⋯⋯⋯⋯⋯⋯⋯⋯⋯⋯⋯⋯⋯⋯⋯⋯

①相思：題目一作「相思子」，又作「江上贈李龜年」。②紅豆：又名相思子，一種生在嶺南地區的植物，結出的子如豌豆而稍扁，呈鮮紅色。③南國：泛指南方。④採擷（ㄐㄧㄝˊ）：採摘。

📖 **譯文** ⋯⋯⋯⋯⋯⋯⋯⋯⋯⋯⋯⋯⋯⋯⋯⋯

紅豆廣泛生長在南國，春天不知要長多少新枝？

希望你要多採摘一些，因它最能寄託相思之情。

📖 賞析

　　唐代絕句名篇經樂工譜曲而廣為流傳者為數甚多，王維的《相思》就是梨園弟子愛唱的歌詞之一。該詩又作《江上贈李龜年》、《相思子》，據說唐宮樂師李龜年流落江南時，王維與李龜年相逢席間曾唱這首詩，遙望在蜀中的玄宗，潸然淚下。隨著《唐詩三百首》流傳之廣泛，影響之深遠，這首《相思》一直傳誦至今，幾近家喻戶曉。

　　詩的前兩句敘事，正面描寫紅豆這一客觀事物。「南國」既是紅豆產地，又是朋友所在之地，暗指後文的相思之情，用語極單純而又富於想像。次句「春來發幾枝」以設問的口吻顯得分外親切。這種質地堅硬、色澤華美、紅豔持久的相思豆，春天要有很多新枝發出啊！

　　緊接著第三句希望對方多採摘些紅豆，睹物思人，況且紅豆本名相思豆，暗示遠方的友人珍重友誼。「願君多採擷」一句，南宋洪邁《萬首唐人絕句》中此篇為《相思子》，此句又作「勸君休採擷」，相思病苦，令人身心疲憊，所以勸人不要去採擷紅豆，這要比希望別人多採擷更讓人感動。末句點題，因為紅豆有晶瑩玲瓏的外觀，既可以觀賞，又便於珍藏，是表達感情的理想信物。

　　紅豆產於南方，結實、鮮紅、渾圓，晶瑩如珊瑚，南方人常用以鑲嵌飾物。傳說古代有一位女子，因丈夫死在邊地，在

樹下慟哭而死，化為紅豆，於是人們又稱它為「相思子」。對於交通、通訊不便的古代人而言，「紅豆」有確定的內涵，它是公認的、不容替代的寄託相思的專用物，說「此物最相思」便表達了詩人懷念友人之情。

📖 **拓展**

　　紅豆又稱相思子，廣泛分布於熱帶地區，種子可以做成珠串飾物，表達人們之間的相思之意。以下表述不正確的是？

　　A. 產臺灣、廣東、廣西、雲南。

　　B. 根深材韌，抗風力強。

　　C. 葉、根、種子無毒無味，可入藥。

　　D. 種子質地堅硬，但有劇毒。

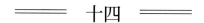

十四

少年行（其一）

[唐]王維

新豐①美酒斗十千②，咸陽③游俠④多少年。

相逢意氣⑤為君飲，繫馬高樓垂柳邊。

📖 **注釋**

①新豐：在今陝西省西安市臨潼區東北部，盛產美酒。②斗十千：指美酒名貴，價值萬貫。③咸陽：本指戰國時秦國的都城咸陽，著名勇士荊軻、武士秦舞陽都到過此地。此處指唐朝都城長安。④游俠：好交遊、輕生重義、勇於排難解紛的人。⑤意氣：意志和氣概。

📖 **譯文**

新豐盛產美酒，價值萬貫，京都游俠們多半都是少年。

相逢意氣相投，縱情豪飲，把馬繫在酒樓旁的垂柳邊。

📖 **賞析**

《少年行》是王維早期所寫的組詩，共四首，第一首寫長安少年游俠高樓縱飲的豪情，第二首寫游俠出征、報國從軍的壯懷，第三首寫戰爭險惡、勇猛殺敵的氣概，第四首寫事成無賞、反遭冷落的遭遇。此為第一首，少年游俠之豪爽、重情，由一張垂柳繫馬圖表現得淋漓盡致。

前兩句寫新豐美酒堪稱酒中之冠，咸陽游俠堪稱人中之傑。「新豐」距唐朝都城長安約三十公里，以出產美酒聞名，故址在今西安市臨潼區東北部。「斗十千」言美酒的價貴。「咸陽」本是秦代都城，這裡借指唐都城長安。酒能助興，也壯豪情，

「游俠」豪飲自來被認為是英雄本色。詩人筆下的「少年游俠」具有相當濃厚的浪漫氣息和理想化色彩，從少年們的豪縱不羈之氣、揮金如土之狀就可想見。

　　後兩句寫少年「游俠」開懷暢飲的豪爽風度和率真坦蕩的人生態度。「意氣」二字，包含著豐富的內容，著名武士荊軻、秦舞陽都曾到過此地，都是少年「游俠」的楷模和典範。對於少年游俠們來說，榜樣的力量是「意氣」的指引，無須經過長期交往，只要相逢片刻、攀談數語，就可彼此傾心，一見如故「為君飲」，這就是所謂的「相逢意氣」。「意氣」再次引申，還包括愛國的壯烈情懷、勇猛無比的俠義性格和不畏權貴的豪情氣質。詩中並沒有描寫聚會中如何推杯換盞，如何高談闊論，而是轉向了「繫馬高樓垂柳邊」，以駿馬和楊柳的兩個意象，襯托出少年游俠特有的青春氣息和俊朗形象，為讀者留下豐富的想像空間。

📖 拓展

　　王維筆下少年游俠的形象和其他詩人創造的形象很一致，實際上是那個時代理想化人格的寫照。_____也做過一篇著名的《俠客行》：「趙客縵胡纓，吳鉤霜雪明。銀鞍照白馬，颯沓如流星。十步殺一人，千里不留行。事了拂衣去，深藏身與名。」

　　A. 李白　B. 杜甫　C. 白居易　D. 高適

══ 十五 ══

竹里館①

[唐] 王維

獨坐幽篁②裡，彈琴復長嘯③。

深林人不知，明月來相照。

📖 **注釋**

①竹里館：王維的別墅勝景之一，房屋周圍有竹林，故得名。②幽篁（ㄏㄨㄤˊ）：幽深的竹林。③長嘯（ㄒㄧㄠˋ）：大聲呼叫，發出高而長的聲音，此處指歌唱。

📖 **譯文**

我獨自坐在幽深的竹林裡，一邊彈著琴一邊高歌長嘯。

沒有人知道我在竹林深處，只有明亮的月光與我相伴。

📖 **賞析**

王維是詩人、畫家兼音樂家，這首詩正展現出詩、畫、樂三者意境的完美結合。他以音樂家對聲的感悟、畫家對光的把握、詩人對語言的提煉，刻劃了幽深竹林、高歌長嘯、明月照耀那一瞬間特有的境界。這首小詩展現了王維常見的寫景（幽篁、深林、明月）和寫人（獨坐、彈琴、長嘯）的方式方法，蘊

含著一種特殊的完美藝術魅力，使其成為千古佳作。

開頭一個「獨」字便給讀者留下了深刻印象，這個「獨」字也貫穿了全篇。如果開頭可以加一「我」字，就展現出「我」才是詩中畫面的主角，塑造了一個悠然獨處者的形象。表面看起來平平淡淡、似乎信手拈來的詩句，卻能讓人體會到詩人的獨具匠心、妙筆生花。前兩句以「彈琴」、「長嘯」，反襯竹林的幽靜，後兩句以「明月」、「相照」，反襯竹林的幽暗，但核心卻是高雅閒淡、超凡脫俗的詩人自身。詩中沒有描寫人物的喜怒哀樂，沒有細節的刻劃，也沒有華麗的辭藻，甚至「幽篁」、「彈琴」、「深林」、「明月」都是樸實無華的詞語，結合在一起，反而令詩意渾然天成，這就是王維詩中蘊含的獨特藝術魅力。

淡泊的人生不是無慾無求、渾渾噩噩度日，而是用澄澈的靈魂對待整個生活。整首詩表現出一種遠離喧囂、親近自然、回歸質樸、不憂不擾、清靜淡泊的境界。詩人一邊彈琴，一邊發出長長的嘯聲，自己僻居於深林之中，也並不為此感到孤獨，因為那一輪皎潔的明月還在時時照耀自己。將一輪明月當成心心相印的知己朋友，顯示出詩人新穎而獨到的想像力，妙諦自成，境界自出。

📖 拓展

王維的作品前期以邊塞題材為主，後期最主要的成就為山水詩。其創作的描繪山水田園等自然風景及歌詠隱居生活的詩

篇，繪影繪形，有寫意傳神、形神兼備之妙。此時的王維，過著半官半隱的生活，《竹里館》作於王維的＿＿＿＿＿，透過對田園山水的描繪，宣揚隱士生活和佛教禪理。

A. 雲溪別墅　B. 終南別墅　C. 輞川別墅　D. 樊川別墅

═══ 十六 ═══

遊子吟

[唐] 孟郊

慈母手中線，遊子①身上衣。

臨行密密縫，意恐②遲遲歸。

誰言寸草③心，報得三春暉④。

📖 注釋

①遊子：離家遠遊或在他鄉做官的人。②意恐：擔心。③寸草：小草。此處指兒女自比於父母微小。④三春暉：春天的陽光。此處比喻母愛。

📖 譯文

慈祥的母親手裡拿著針和線，為即將遠行的遊子趕製衣衫。

臨行前一針一線地密密縫補，擔心孩子回來的時間會久遠。

誰說像小草那樣微弱的孝心，能報答如春暉般的慈母恩情。

📖 **賞析** ···

　　這是一首歌頌母愛的樂府詩。全詩樸實無華、清新流暢，在素淡的語言中，飽含濃郁的親情，讀之情真意切、扣人心弦、催人淚下，千百年來撥動多少遊子的心弦，引起共鳴。

　　開頭兩句所寫的「人」是母親與孩子，所寫的「物」是針線與衣衫，點出了母子同心、相依為命的骨肉之情。深摯的母愛往往是無言的，透過「手中線」和「身上衣」將母親對兒女的情感緊緊地連線起來。

　　第三句捕捉臨行前的一瞬，用簡潔的語言勾勒出慈母為遊子縫製衣衫的特定場景，抒發了遊子思鄉念親的至深情感。對於孟郊這位常年顛沛流離、居無定所的遊子來說，最值得回憶的，莫過於母子分離的痛苦時刻了。此時母親的「密密縫」只是無數場景中最普通的一幕，而表現的卻是深沉的內心情感。第四句回答這千針萬線是因為怕孩子「遲遲」難歸，慈母的一片深篤之情充溢詩中，噴薄而出。

　　最後兩句昇華到天下母親所共有的母愛親情層面。「寸草心」是把兒女比喻為區區小草，「三春暉」是把母愛比喻為春日陽光，以通俗、形象的比喻直抒胸臆，寄託赤子情懷，對於春日般的母愛，微小如草的兒女，怎能報答得了呢？發自肺腑，感情真摯。

　　詩中未寫傷、離、愁、苦，也未見淚，卻能體會到那孤燈

之下飽經滄桑的母親的複雜情感，「密密縫」的針腳更是展現了母親對遠行兒子深深的愛。密密縫製的身影讓孟郊感動，讓天下人感動，讓後世人感動，於無聲處道盡天下母親對孩子的綿綿愛意，也道盡天下兒女對母親的感恩濃情。

📖 **拓展**

《遊子吟》詩題下有孟郊自注：「迎母溧上作」，即詩人為迎養其母而作。孟郊直到五十歲任_____縣尉的官職時，才結束了長年漂泊流離的生活，便將母親接來同住。孟郊早年漂泊無依，飽嘗了世態炎涼，此時愈覺親情之可貴，於是寫出這首發自肺腑、感人至深的頌母之詩。

A. 溧陽　B. 溧州　C. 溧河　D. 溧水

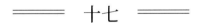

十七

小松

[唐] 杜荀鶴

自小刺頭①深草裡，而今漸覺出蓬蒿②。
時人不識凌雲木，直待③凌雲④始道⑤高。

📖 注釋

①刺頭：此處指長滿松針的小松樹。②蓬（ㄆㄥˊ）蒿（ㄏㄠ）：蓬草和蒿草。泛指草叢。③直待：一直等到。④凌雲：高聳入雲。⑤始道：才說。

📖 譯文

松樹很小的時候長在深深的雜草裡，現在漸漸發現高出那些野草了。

當時不認識這將來是參天大樹的人，直到它高聳入雲時才說它高大。

📖 賞析

松樹的觀賞價值有目共睹，從皇家古典園林到現代居民家中都能見到松樹的倩影。松樹幼苗出土，子葉展開以後，初生葉行使葉的功能，一至三年後才出現針葉，松樹較幼時的樹冠呈金字塔形，松樹長大後是高大挺拔的喬木，而且材質好，不乏棟梁之材。此詩借松寫人，託物諷喻，詩中字裡行間充滿理趣，耐人尋味。

小松剛出土時，小得可憐，原野裡瘋長的野草都比它高，以至於被淹沒在「深草裡」。但它小而不弱，適應力較強，因而能夠在各種型別的土壤中頑強生長。前兩句寫出「小松」在「深

草」的包圍中，又直又硬，一個勁地向上衝，銳不可當。那些弱不禁風的小草是不能和它相匹敵的。「刺頭」一詞準確地勾勒出了小松的外形特點和堅強不屈的品格。

「深草」、「蓬蒿」這些不禁寒風的一年生植物長得再高，也不及小松的生命力強大。「而今漸覺出蓬蒿」這個「出」字用得精當，不僅顯示了小松已由小長大、發展變化的情景，而且在結構上也起了承前啟後的作用。詩中「出」是「刺」的必然結果，「漸覺」則顯得很含蓄，只有那些關心、愛護「小松」的人，時時觀察比較，才能「漸覺」，對「小松」漠不關心的人不會「漸覺」，只會突然發現。

「時人不識凌雲木，直待凌雲始道高。」生命力頑強的小松終究會有一天成為大松，眼光短淺的「時人」，是不會把小松看成棟梁之材的，有多少小松是由於弱小而被摧殘砍殺啊！進而「小松」不要憤懣於眼前的處境，應努力向前，成長為參天大樹，一定會有賞識自己的人。

📖 拓展

唐末詩歌，大致有三大流派：一是以豔麗著稱的溫李（溫庭筠和李商隱）派；二是以苦吟為主的賈島派；三是著重反映社會現實、民生疾苦的元白（元稹、白居易）派。詩人杜荀鶴現存詩文中多屬於＿＿＿派。

A. 溫李　B. 賈島　C. 元白　D. 以上皆是

═══ 十八 ═══

鳥

[唐]白居易

誰道①群生②性命微③？一般④骨肉一般皮。

勸君莫⑤打枝頭鳥，子⑥在巢中望⑦母歸。

📖 注釋

①道：說。②群生：自然界中各種生命。③微：微不足道。
④一般：一樣。⑤莫：不要。⑥子：此處指幼鳥。⑦望：盼望。

📖 譯文

誰說萬物的生命微不足道？牠們和人類一樣有血有肉。

勸你不要追打枝頭的鳥兒，巢中幼鳥正盼望母親回來。

📖 賞析

　　詩人用簡單質樸的語言表達保護自然、保護動物的思想，
全詩以「鳥」喻人，勸誡權貴尊重平民，通俗易懂，朗朗上口。

　　前兩句先以一個反問句提出詩人自己的看法，反問的語氣
能夠促使感情抒發更加強烈，表現出詩人的善良、仁愛以及對
生命的尊重。「群生」是自然界中各種生命，《莊子》中有「萬物
群生，連屬其鄉。禽獸成群，草木遂長」之句，「群生」指萬物

在大自然面前皆為平等，沒有高低貴賤之分。接著，點出鳥和人一樣都有皮肉和骨骼，儘管牠們很渺小，但應該知道鳥兒與人類一樣，都是活生生的、有血有肉的，面對生命的偉大，人類應該更有憐愛之心，善待動物，絕不能傷害牠們。

後兩句以「勸」字統攝，「枝頭鳥」形容這些可愛的生靈，鳥兒在枝頭必然是活蹦亂跳的、歡欣雀躍的，這是牠們在大自然懷抱中正常的狀態，一旦被「打」，生命行將結束，在強烈的對照下，怎不心生憐憫？「子在巢中望母歸」一句以幼鳥盼望母鳥的動人情景來感化人們，給予人強烈的震撼力，保護「群生」、勸說向善的效果十分明顯。同時，後兩句還有深刻的寓意：白居易深受儒、道、佛的影響，與儒者論理，與居士論道，與佛家論經。詩人聽高僧說，惡雖小不可為，善雖小必為。他對生命平等的認知，轉化為自然界的萬物平等思想。詩人意在以鳥來喻人，勸誡當時的權貴要學會尊重平民百姓，因為平民百姓與權貴們一樣，都有著同樣的生命和尊嚴。

白居易早年熱心濟世，強調詩歌的政治功能，並力求通俗易懂，他所作《新樂府》、《秦中吟》共六十首，確實做到了「唯歌生民病」、「句句必盡規」，故這首《鳥》說「子在巢中望母歸」，其實更寓意當時的現實社會。

📖 拓展

　　白居易是中國文學史上負有盛名且影響深遠的唐代文學家，與李白、杜甫齊名，與＿＿＿＿同齡，有「詩魔」和「詩王」之稱，他的詩在當時已廣泛流傳，上自宮廷，下至民間，其聲名遠播朝鮮、日本等國家。

　　A. 劉禹錫　　B. 元稹　　C. 劉長卿　　D. 李白

══ 十九 ══

蜂

[唐] 羅隱

不論平地與山尖，無限風光盡被占①。
採②得百花成蜜後，為誰辛苦為誰甜？

📖 注釋

　　①占：占有，占據。②採：摘取，採取。

📖 譯文

　　無論在平原還是在山峰，美好的風景盡被牠占據。
　　牠們採集百花釀成蜂蜜，是為誰辛苦為誰釀造呀？

📖 賞析

　　蜜蜂與蝴蝶在詩人和詞人筆下，往往都是風韻的象徵。而這首詩透過吟詠蜜蜂採花釀蜜供人享用這一自然現象，表現詩人對社會問題的深入思考，平淡中透著思緒，詠嘆中襯托感慨，令人耳目一新。

　　前兩句「不論平地與山尖，無限風光盡被占」，描寫無論在平原還是在山峰，到處都可以見到蜜蜂忙碌採摘的身影。越是陽光明媚的日子，越是鮮花盛開的地方，就越能吸引蜜蜂，這是實寫蜜蜂不停地在花叢中、田野間、山谷裡穿梭勞作的生存狀態。「不論」、「無限」、「盡」都是強烈的肯定語，是在對蜜蜂深入細緻地觀察的基礎上確認無疑的強烈表述。

　　後兩句緊承「蜂」的意向，把牠當作廣大勞動者的象徵，先揚後抑，轉向抒情。「採得百花成蜜後」是蜜蜂「占盡風光」辛勤勞動的結果。蜜蜂看似風光，實則不然，蜜蜂終其一生，忙忙碌碌，不停穿梭於花叢中採摘，最終卻所獲甚少。採花、釀蜜本是蜜蜂的天職，蜜蜂辛苦釀成的蜜，要用來供養蜂王，或還要被人所利用，自己享用的卻少得可憐。故而，詩人將「蜜蜂」作意象引申，擴展為廣大勞動者的象徵。末句話鋒一轉，「為誰辛苦為誰甜」既是一個反問，又是一聲嘆息。辛辛苦苦的勞動人民終日勞作，終於有了可喜的成果，自己卻並沒有得到多少，這般辛勞到底又是為了誰呢？原因是那些不勞而獲、占據高

位、手握重權的剝削者剝奪了勞動人民的勞作成果。

詩人以夾敘夾議的手法，從蜜蜂的故事看到人們辛苦的影子，透過這首詩，一方面，對廣大勞苦人民產生憐憫之情；另一方面，對這種勞者不獲、不勞而獲的不平等現實加以嘲諷批判。

📖 拓展

羅隱先後參加過十多次進士考試，可惜全部未中，史稱「十上不第」者。黃巢起義後，他與杜荀鶴等人一同避亂隱居_____，在亂世中致力於「黃老思想」的復興和發展，提出「太平匡濟術」。著有《讒書》，借評歷史，影射現實，對當時社會不公平的現象進行了揭露和批判。

A. 終南山　B. 九華山　C. 五臺山　D. 青城山

小滿

雨過山村

[唐] 王建

雨裡雞鳴一兩家，竹溪①村路板橋斜。
婦姑②相喚浴蠶③去，閒著④中庭梔子花⑤。

📖 注釋

①竹溪：岸邊長滿翠竹的溪流。②婦姑：此處指農家的媳婦和婆婆。③浴蠶：古代一種選育優良蠶種的方法，早期浴蠶主要在川中進行，一說浴蠶是將蠶種全都浸在鹽水中進行篩選，一說浴蠶是用人工淘汰低劣蠶種的辦法。④閒著（ㄓㄨㄛˊ）：一作「閒看」。此處指農人忙碌，梔子花在徒然盛開。⑤梔（ㄓ）子花：屬雙子葉植物綱茜草科，梔子屬常綠灌木，春夏之交開白色花朵。

📖 譯文

雨中傳來山村幾戶農舍的雞鳴聲，翠竹掩映著溪流從石板橋下穿過。

婆媳們相互呼喚一起去浴蠶選種，庭院裡梔子花徒然盛開無人欣賞。

📖 賞析

王建擅於樂府詩，與張籍齊名，世稱「張王樂府」，其詩作題材廣泛，同情百姓疾苦，生活氣息濃厚，思想深刻。這首詩寫的是詩人在雨中來到山村時，看到優美的山水田園風景以及農忙時節農村的生活景象所感，抒發了詩人對和平寧靜的田園生活的無限讚美。

　　前兩句透過對景物的描寫來表達山村的靜謐。「雨裡雞鳴一兩家」是進入山村前所聞，遠遠聽見山村中農舍幾聲雞鳴，因為是雨天，山村的輪廓在遠處未必能看得分明，但山村中的雞鳴聲卻聽得清晰。「竹溪村路板橋斜」是進入山村的所見，看見翠竹、清溪、村路、板橋這些特有景物，因為是山村，竹林夾岸，溪水蜿蜒曲折，「竹」、「溪」、「路」、「橋」四個名詞連用，突顯了山村所見景緻之清新和特別。淡淡幾筆，便勾畫出細雨濛濛、溪水潺潺、優美靜謐的山村風景。

　　後兩句寫詩人入村所見。「浴蠶」是描寫此地特有的農事活動，「婦姑」招呼而行，顯出在這樣純樸的山村中，家庭關係、鄰里關係非常和睦。最後一句「閒著中庭梔子花」也是所見，但觀察細微、用詞別緻，很有韻味。梔子花芳香馥郁、潔白素雅、清麗可愛，但在農忙時節，山村的居民們一門心思忙於農事，沒有賞花的「閒」工夫，從側面反襯出山村農忙的氣氛，顯得妙趣橫生。

📖 **拓展** ┈┈┈┈┈┈┈┈┈┈┈┈┈┈┈┈┈┈┈┈┈┈┈┈┈┈┈┈┈┈┈┈┈┈┈

　　「浴蠶」是為提高蠶種（蠶卵）品質的一項技術措施，其行為在客觀上促進了蠶的胚胎發育。古代「浴蠶」首先是一種神聖的信仰儀式，還滲透了原始圖騰崇拜的意義，甲骨文中就有關於祭禮蠶神的記載，漢朝以後歷代皇城內都設有_____，以供皇后祭祀使用。

　　A. 日壇　B. 先蠶壇　C. 月壇　D. 社稷壇

廿一

山村詠懷

[北宋] 邵雍

一去^①二三里，煙村^②四五家。
亭臺^③六七座，八九十枝花。

📖 **注釋**

①去：距離。②煙村：被煙霧籠罩的村莊。③亭臺：泛指供人們遊賞、休息的建築物。

📖 **譯文**

不知不覺已經走了很遠，看到遠處村莊有幾戶人家。

路邊有六七座亭臺樓閣，亭臺旁邊綻放著很多鮮花。

📖 **賞析**

這是詩人在一次外出遊玩時，看到鄉間野外怡人春光和鄉村風物有感而作的一首小詩，表達了詩人對大自然的喜愛和享受生活的積極人生態度。也不妨想像另一番意境：一個四五歲的小孩，小手牽著媽媽的大手，一起去外婆家。一口氣走出二三里，路過四五戶人家。小孩走累了，看見路邊有六七座亭子，走過去歇腳。亭子外邊，開滿五顏六色的鮮花，小孩伸出

指頭數著:「八枝花、九枝花、十枝花。」

　　這首詩透過羅列的表現手法,把煙村、人家、亭臺、鮮花等景物排列在一起,構成一幅田園風光圖。文中數字多為虛數,但嵌入其中,從一排列到十,令小詩妙趣橫生。

　　前兩句「一去二三里,煙村四五家」表現詩中人物居於畫面中央,前有「煙村」,身後已經離開起點「二三里」,「去」是從這裡走出去的意思,「里」是中國原用的長度單位,一里等於五百公尺,在開滿鮮花的春日,看到裊裊炊煙,從時間上看也近中午或傍晚,無論從空間上還是時間上都居於中間。

　　「亭臺六七座,八九十枝花」這兩句寫近景,這裡亭臺座座、鮮花朵朵,田園風光賞心悅目。「八九十」又呼應首句的「一二三」,將數字自然巧妙地融於山村的迷人意境之中。

　　邵雍是北宋著名理學家、數學家、道士、詩人。這首《山村詠懷》只用寥寥幾筆,就描繪出景色宜人的鄉村畫面,語言優美、形式新穎,它不僅可以開啟人們的思維天地,又可以使人們得到藝術的享受。後來成為古代兒童入學寫字練習本上的啟蒙詩,也是兒童學習數字一到十的科普詩歌。

📖 拓展

　　邵雍與周敦頤、張載、程顥、程頤並稱「北宋五子」。他們對北宋哲學思想的發展起了重要作用。周敦頤為宋代理學的開

山祖；邵雍為北宋_____的創立者，並對宋代理學的形成與發展起了至關重要的作用；張載為中國古代辯證法學說的集大成者；程顥、程頤世稱「二程」，同為北宋理學的奠基者，其學說在理學發展史上占有重要地位。

A. 氣象學　B. 地理學　C. 天象數學　D. 自然科學

═══ 廿二 ═══

畫

[宋] 佚名

遠看山有色①，近聽水無聲。
春去花還在，人來鳥不驚②。

📖 **注釋**

①色：顏色，景色。②驚：吃驚，害怕。

📖 **譯文**

從遠處可見山有青翠的顏色，在近處卻聽不到流水的聲音。
春天過去花兒還是常開不敗，人走近了鳥兒不會害怕吃驚。

📖 賞析

　　此詩為詩人讚畫之作。關於這首詩的作者，有多種說法，一說是唐代王維所作，但在王維的作品中並沒有此詩；一說為宋朝僧人為譯文佛教《金剛經》所作，如《川老金剛經注》所記載；一說為宋代佚名詩人所作。另外，還有元代王冕說、明代唐伯虎說、清代高鼎說等。

　　這首詩寫出了一幅山水花鳥畫的特點，順序依次為「山」、「水」、「花」、「鳥」，從遠到近，由大至小。遠處的山能看清景色，在近處聽流水時，應當聽到水聲，但畫上的流水卻默默無聲。在春天盛開的花，隨著春天的逝去就凋謝了，而畫上的花，不管在什麼季節，它都盛開著。人走近棲息在枝頭上的鳥，牠必然會受驚飛走，但畫上的鳥，即使你走近了，牠也不會驚飛。詩中對畫中景物的描寫相當恰當、饒有趣味，更像一個謎語。

　　如果從禪語的層面賞析，可以看出得道之人所見的是另一番境界。遠山含笑，有「色」便是好山，何為有「色」？蒼翠欲滴是「色」，層林盡染也是「色」，清秀俊朗是「色」，奇麗峭拔也是「色」，只因距離產生美。高山流水本應有聲，走近了卻無相無聲。「遠」與「近」是俗人與道人的距離，智者與道相契，所以稱為「近」，因為「近」，所以能於有相之中，悟無相之理，俗人因為「遠」，所以沉迷於色相中不能自拔。「春去花還在，人來鳥不驚」與「本來無一物，何處惹塵埃」有異曲同工之妙。「春」

是外在客體,「花」是內在本體,本體不隨季節更替而凋落,「花還在」說明此「花」無相無生無滅,「鳥不驚」亦非鳥不會驚,而是心靈處於一種安靜的狀態。春已去,花空留,鳥未驚,人又來,沒有永恆的美麗,一切的美好都將隱於虛幻。

📖 拓展

《畫》的作者是誰尚無定論,此詩的另外版本還有後四句:「頭頭皆顯露,物物體元平。如何言不會,祇為太分明。」從這個八句版本的詩中看,句句充滿了禪機,含蓄雋永,八句詩文版本的《畫》應是_____所作。

A. 宋代道川　B. 元代王冕　C. 明代唐伯虎　D. 清代高鼎

廿三

書湖陰先生壁（其一）

[北宋] 王安石

茅簷①長②掃淨無苔,花木成畦③手自栽。
一水護田④將綠繞,兩山排闥⑤送青來。

📖 注釋

①茅簷:茅指蓋屋的草,簷指房簷,此處指庭院。②長:同「常」,經常。③畦(ㄑㄧˊ):田園中分成的小區域,周圍有

土垠圍著。④護田：護衛環繞著園田。⑤排闥（ㄊㄚˋ）：推門，撞開門。

📖 譯文

庭院經常打掃乾淨得沒有青苔，有序的花木是由主人親手培栽。

一條河水蜿蜒環繞翠綠的園田，兩座青山推開門把綠色送進來。

📖 賞析

湖陰先生是王安石退居金陵時期的朋友楊德逢。有兩首題寫在湖陰先生家牆壁上的詩。此為第一首，讚美楊家庭院的清幽，第二首寫詩人在湖陰先生家裡午睡的情景，從這兩首詩中，不難發現兩人交往甚密，關係甚好，也表達了詩人退居時的恬淡心境。

前兩句寫庭院內部之景，是對主人勞動成果的讚美。江南地溼，又時值初夏多雨季節，潮溼的環境對青苔的生長十分有利。「淨無苔」是由於主人的「長掃」，此時「花木」最容易凋零，草木最容易雜生，「花木成畦」是由於主人的「自栽」。這兩句既寫景又寫人，讚美了湖陰先生家庭院的清幽、乾淨、整齊，從中可以看出湖陰先生是一個勤勞潔淨、情趣高雅的人。

後兩句寫外部環境之美，表達了對大自然美景的陶醉。水

「將綠繞」，山「送青來」，詩人用擬人的手法將「水」和「山」化為富有生命感情的形象，自然山水都有此情，彎彎的河流環繞著翠綠的農田，正像母親用雙手守護著孩子一樣，「護」字和「繞」字顯得那麼有情。門前的青山也爭相推門而入，想前來為主人的院落增添色彩，表現了詩人和湖陰先生愛好山水的共同情趣。

全詩景物描寫極具層次，從院內到院外，多角度觀察，由遠及近，既表達了對主人的讚嘆，又寫出了山水的情態。而且，詩中雖然沒有正面寫人，但寫山水就是寫人，景與人處處照應、字字珠璣、妙語連連、句句關合，奇麗自然，既經錘鍊又無斧鑿之痕，韻味深長。

📖 **拓展**

湖陰先生，本名楊德逢，隱居之士，是王安石晚年居住於金陵時的好友。王安石在送給湖陰先生的詩中將水與山擬人化，讓綠水為主人「護田」，讓青山為主人「送青」，詩中「兩山排闥送青來」的「兩山」是指＿＿＿＿＿＿，把主人對自然景物的愛與自然景物對主人的情誼完美地融合在一起。

A. 鐘山、覆舟山　B. 靈山、北固山　C. 茅山、棲霞山 D. 方山、牛首山

═══ 廿四 ═══

登飛來峰

［北宋］王安石

飛來山①上千尋②塔，聞說③雞鳴見日昇。
不畏浮雲④遮望眼⑤，自緣⑥身在最高層。

📖 注釋

　　①飛來山：一作「飛來峰」，約為今浙江省紹興市的寶林山。
②千尋：形容很高。③聞說：聽說。④浮雲：在山間浮動的雲霧。
⑤望眼：視線。⑥自緣：一作「只緣」。

📖 譯文

　　飛來峰頂有座高聳入雲的塔，聽說雞鳴時能看見旭日東昇。

　　不擔心浮雲遮住遠眺的視野，是因為我身在山峰的最高層。

📖 賞析

　　這首詩是王安石三十歲初入仕途時所作，與一般的登高詩不同，這首詩沒有過多地寫近景、遠景，只寫了塔高而已，重點是寫自己登臨高處的內心感受。從中可以看出，王安石正值年輕氣盛、抱負不凡之時，正好借登飛來峰抒發胸臆、寄託壯懷。

首句用「千尋」這一誇張的詞語，借用峰上古塔之高，寫出自己二十一歲進士及第的起點之高、看待事情的著眼點之高。第二句為鋪陳之筆，巧妙地寫出在高塔上看到旭日東昇的輝煌景象，目極萬里，氣勢不凡。表現出詩人朝氣蓬勃、胸懷改革大志、對前途充滿信心。「日昇」色調溫暖，成為全詩感情色彩的基調。

後兩句是全詩的精華，蘊含著深刻的哲理：人不能只考慮眼前的利益，應該放眼大局，目光高遠。欲成就大事業，最可怕的莫過於「浮雲遮日」。前兩句都是鋪陳，寫眼前之景，後兩句言物外之理，先說「果」後說「因」，足見詩人構思的精深。全詩點睛之筆在結語「自緣身在最高層」，拔高詩境，有高瞻遠矚的氣概，蘊含站得高才能望得遠的人生哲理，亦是千古名句。

蘇軾與王安石雖政見不同，但確有很多事蹟不謀而合。例如，兩人都是二十一歲進士及第，享年都是六十五歲，王安石號半山，蘇軾號東坡，兩人都以文章盛名躋身唐宋八大家之列等。三十四年後，蘇軾離任黃州，就職汝州時，途經江西遊廬山，寫下《題西林壁》：「橫看成嶺側成峰，遠近高低各不同。不識廬山真面目，只緣身在此山中。」與王安石的「不畏浮雲遮望眼，自緣身在最高層」有異曲同工之妙，都廣泛被後人當作座右銘。

📖 拓展

　　王安石用「千尋塔」形容「飛來山」之高，用法巧妙。「尋」字始見於商代甲骨文，其古字像一人伸開兩臂丈量的樣子，本義是一種長度單位，即人伸開兩臂的長度。「尋」的長度大概為古代的＿＿＿＿，倍尋為「常」，都是平常的長度，後泛指平常。

　　A. 三尺　B. 五尺　C. 八尺　D. 十尺

══ 廿五 ══

題西林壁

[北宋] 蘇軾

橫看①成嶺側②成峰，遠近高低各不同。
不識③廬山真面目④，只緣身在此山中。

📖 注釋

　　①橫看：從正面看。廬山為南北走向，橫看就是從東面或西面看。②側：側面，從南面或北面看。③不識：不能認識，辨別。④真面目：指廬山真實的景色、形狀。

📖 譯文

　　從正面看山嶺起伏，側面看山峰聳立，遠近高低看各有不同。

之所以不能認識辨別廬山的真正面目，是因為身處在此山中。

📖 賞析

這既是一首寫景詩，又是一首哲理詩，屬於一種以言理為特色的新詩風。透過描寫廬山變化多姿的面貌，深入淺出地啟迪心智，親切自然，耐人尋味。

前兩句是實寫，描述從不同角度看廬山會有不同的形態變化。廬山的地貌景觀較為特殊，是一種多成因複合型地貌，由斷塊山構造地貌景觀、冰蝕地貌景觀、流水地貌景觀疊加而成。因此，峰谷與峽谷聳立，懸崖和峭壁比肩，奇峰險峻，雄偉壯觀。詩人透過觀察發現，橫看廬山綿延逶迤、崇山峻嶺連綿不絕，側看廬山則峰巒起伏、奇峰突起、高高聳立插入雲端。從遠處和近處不同的方位看廬山，以及從高處和低處不同的視角看廬山，所看到的山色和氣勢又不相同。此兩句高度概括又十分形象地寫出了移步換景、千姿萬態的廬山複合地貌景觀。

後兩句是即景說理，寫出詩人深思後的感悟。之所以從不同的方位和視角看廬山會有不同的印象，原來是因為「身在此山中」，解釋了人們認識事物往往具有片面性的原因。也就是說，只有跳出廬山的遮蔽，如同站在月球看地球一樣，才能全面掌握事物的真正「面目」。詩人藉此次遊覽廬山，揭示出一個客觀真理：局中人常常看不清事物的全貌和真相，就是由於受到

認知條件限制的緣故。每個人所處的時代不同、地位不同，看問題的角度和出發點不同，對人生的看法也千差萬別。蘇軾生活在北宋時代，儒、道、佛各有主張，他自小研修儒家思想，而歷經坎坷之後又繼承了道家的清靜無為思想，同時又常與佛印研討佛學理論。正因為他的博學，才會有如此啟人心智的哲理，使人百讀不厭。

📖 拓展

　　蘇軾由黃州團練副使改遷赴任＿＿＿＿經過九江，與友人同遊廬山，途中看了李白的《望廬山瀑布》和徐凝的《廬山瀑布》，認為徐凝的詩寫得不好，專門寫了一首《戲徐凝瀑布詩》加以諷刺。遊覽途中，蘇軾寫下了若干首紀遊詩，《題西林壁》是最後一首，題在西林寺牆壁上，是遊觀完廬山後的總結。

　　A. 濟州　B. 徐州　C. 汝州　D. 密州

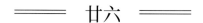

廿六

調笑令·漁父

〔北宋〕蘇軾

　　漁父①，漁父，江上微風細雨。
　　青蓑②黃箬③裳衣④，紅酒白魚暮歸。
　　歸暮⑤，歸暮，長笛一聲何處。

注釋

①漁父（ㄈㄨˇ）：漁翁，捕魚人。②蓑（ㄙㄨㄛ）：用草或棕毛做成的防雨器。③箬（ㄖㄨㄛˋ）：葉大而寬的竹子，可編竹笠。④裳（ㄔㄤˊ）衣：古代下衣叫裳，上衣叫衣，裳與衣泛指衣服。⑤歸暮：傍晚回去。

譯文

漁父啊漁父，你出沒於江上微風細雨中。

披青色蓑衣，戴黃色箬笠，身上穿裳衣，

你飲著濁酒，品著鮮魚，直到傍晚才回。

晚歸啊晚歸，聽見一聲長笛，身在何處。

賞析

西元一〇八四年，蘇軾離開黃州赴汝州，順江而下，途中看到長江中游漁民的水上生活圖景，即興創作此詞。全詞著色明麗、用詞活潑，生動地表現了漁人悠閒自在的生活情趣。

開頭兩句以疊句的形式出現。見到「漁父」，呼喚「漁父」，此時的環境是「微風細雨」，增添了江上晚景的朦朧詩意，也是江南環境的真實寫照。接下來的「青蓑黃箬裳衣」，簡單六個字便把「漁父」的穿戴形象刻劃出來，「蓑」和「箬」兩者一「青」一「黃」，在濛濛細雨中顯得特別鮮明亮麗，像一幅淡淡的水墨畫。詞人透

過巧妙的顏色搭配便使讀者體會到漁夫在捕魚時的愉快心情。

「紅酒白魚暮歸」是寫漁父釣魚飲酒時的情景，透過對漁父生活的描寫，傳遞出漁父的精神狀態，使得漁父的形象更為豐滿。此處仍然用了兩種顏色，一「紅」一「白」，既與上句的一「青」一「黃」對應，對仗工整，又能突出漁父怡然自得、閒適高雅的生活情趣。「暮歸」點明時間已晚，漁父一天的捕魚生活即將結束，卻有著大多數人所嚮往的那種悠然脫俗的意趣。漁父生活的一舉一動、一著一裝，都隨著「歸暮」時的「長笛一聲何處」而留在大自然的畫面中。

詞人塑造了超於塵俗的漁父形象，也表達了精神上對這種生活的認可，以及自己對隱逸生活的嚮往。

📖 拓展

西元一〇七九年，蘇軾到任湖州後因「_____」被貶，有三十九人受到牽連，其中官位較高的有司馬光。朝中各大臣及已退休金陵的王安石紛紛上書宋神宗，蘇軾才得以被從輕發落，被貶為黃州團練副使。到黃州後，因無法養活一家老少，就去拜見黃州太守徐君猷。徐君猷很欣賞蘇軾，就把自己東門外的五十畝土坡地讓給蘇軾耕種。蘇軾很高興，因此自取名號「東坡居士」。

A. 車蓋亭詩案　B. 奏邸之獄　C. 熙寧變法　D. 烏臺詩案

廿七

如夢令・昨夜雨疏風驟

[宋] 李清照

昨夜雨疏風驟①，濃睡不消殘酒②。

試問捲簾③人，卻道海棠依舊。

知否，知否？應是綠肥紅瘦④。

📖 注釋

①雨疏風驟：雨點稀疏，晚風急猛。②殘酒：尚未消散的醉意。③捲簾：捲起或掀起簾子。④綠肥紅瘦：形容花已逐漸開敗，而草木枝葉正盛的景色。

📖 譯文

昨天夜裡雨點稀疏，風颳得急猛，雖然酣睡了一夜可醉意還未消散。

問那個捲簾的侍女，海棠花現在怎麼樣了？她卻告訴我跟原先一樣。

妳可知道，妳可知道，這個時候海棠應該是綠葉繁茂、紅花凋零了。

📖 賞析

這首《如夢令》詞意出自韓偓的五言律詩《懶起》:「昨夜三更雨,臨明一陣寒。海棠花在否,側臥捲簾看。」詞人用寥寥數語,委婉地表達了女主角愛花惜花的心情,語言活潑、平實、精練,極盡傳神之妙。其中有人物,有場景,還有對白,充分顯示了宋詞的語言表現力。據說這首詞是李清照「才女」地位的奠基之作,一經發表轟動朝野,趙明誠得知後,日夜做相思之夢。

起首兩句,正是姹紫嫣紅之時,趕上昨夜狂風大作,雨點稀疏,不免心緒如潮。不管是飲酒助興還是借酒消愁,總之,昨夜飲酒過量,覺也睡得濃了,酒力到第二日清晨還未盡消。「濃睡不消殘酒」一句以溫婉的口吻,寫出詞人此刻的慵懶惺忪。

第三、四句是主角惜花的心理反映。儘管飲酒致醉一夜濃睡,但醒來後第一件事就是關心院子裡的花兒,一個「試」字,恰當又貼切地表達出主角急切地想知道情況而又不想聽到花被狂風吹落的訊息的心情,心理是矛盾的、糾結的。與「捲簾人」這句短小精悍的對白,寫出了畫中所不能道出的情感。

「知否,知否?應是綠肥紅瘦。」一問一答,既巧妙含蓄,又曲折婉轉。這既是對侍女的反詰,也像是自言自語:妳知道不知道,園中的海棠應該是綠葉繁茂、紅花稀少。兩個「知否」

也有另一種理解，前一個「知否」的「否」是「不是」的意思，表示「妳知道的不對」，後一個「否」是用在疑問句末，是「妳知道嗎」的意思，仁者見仁、智者見智。結句著色，更覺艷麗脫俗，「綠肥紅瘦」歷來為世人所稱道。「綠」指代葉，「紅」指代花，葉子「肥」了，花兒「瘦」了，用兩種顏色的對比、兩種狀態的對比，以謎語似的語句糾正「捲簾人」觀察的粗疏與回答的錯誤。詞人為花而喜，為花而傷，以花自喻，慨嘆自己的青春芳華。

📖 拓展

海棠是薔薇科＿＿＿＿＿＿屬的灌木或小喬木，它集梅、柳的優點於一身，花姿瀟灑，花開似錦，嫵媚動人，雨後清香猶存，自古以來是雅俗共賞的名花。歷代文人多有膾炙人口的詩句讚賞海棠。陸游詩雲：「雖豔無俗姿，太皇真富貴。」形容海棠豔美高雅；蘇軾詩云：「只恐夜深花睡去，故燒高燭照紅妝。」表達對海棠的情有獨鍾。

A. 蘋果　B. 薔薇　C. 櫻桃　D. 山楂

═══ 廿八 ═══

漁家傲‧天接雲濤連曉霧

[宋]李清照

天接雲濤連曉霧，星河欲轉千帆舞。彷彿夢魂歸帝所①。聞天語②，殷勤③問我歸何處。

我報路長嗟④日暮，學詩謾有⑤驚人句。九萬里風鵬⑥正舉。風休住，蓬舟 吹取三山去！

📖 **注釋**

①帝所：天帝居住的地方。②天語：天帝的話語。③殷勤：關心地。④嗟：慨嘆。⑤謾有：空有。⑥鵬：古代神話傳說中的大鳥。⑦蓬舟：被風吹動的船像蓬蒿一樣。

📖 **譯文**

水天相接，雲霧相連，銀河轉動，千帆競渡逐浪舞。

夢魂彷彿回到天庭。聽見天帝在說話，他關切地問我要到哪裡去。

我回答路途漫長又到日暮，縱有驚人詞句也無用處。

長空九萬里，大鵬正飛衝。風別停，將我這輕舟吹往蓬萊仙島去！

📖 賞析

　　此詞應與李清照南渡時曾在海上航行歷盡波濤之險有關。詞人寫夢中景象，在幻想的境界中，有一個態度溫和、關心民生的天帝。與天帝之間的問答，隱喻著詞人對社會現實的不滿與失望、對理想境界的追求和嚮往。

　　詞在開頭便描繪出一幅仙境一般的壯麗景色。這裡雲濤翻滾、晨霧瀰漫、銀河轉動、千帆競渡，天、雲、霧、星河、千帆等，諸多景象已極其壯麗，透過幾個動詞的銜接，形成一種夢幻的境界。而「轉」、「舞」二字，也是詞人身在風浪顛簸的船中的感受。「彷彿」以下三句，寫詞人在夢中見到天帝，天帝「殷勤問我歸何處」，雖然只是一句異常簡潔的問話，卻飽含著深厚的感情，寄寓著美好的理想。

　　上闋末二句寫天帝的問話，過片二句寫詞人的對答，繼而轉向詞人對人生路長而時光漸晚、徒有詩才而心志難酬的心境表述。懷才不遇是古代多數文人的命運，李清照是一位生不逢時的女詞人，其經歷北宋覆亡，被迫南渡，遇人不淑，身陷囹圄，必然會發出這樣的感慨。「謾有」則流露出對現實的強烈不滿，詞中透過與天帝之間的對話，表達她心裡鬱積壓抑已久的心情。「九萬里」以下三句則從對話中蕩開，描繪出一種壯觀和雄奇的景緻，格調恢宏大氣。「鵬正舉」顯出狂風激盪、氣勢磅礴，也進一步對大風進行烘托，詞人的理想如同莊子筆下的

鯤化為鵬，展翼而飛，憑藉鯤鵬垂天之翼捲起的狂風，駕著輕舟，直達那現實中無法到達的神仙祕境。

📖 拓展

兩宋之交的李清照與柳永、秦觀等人同為婉約詞派的代表人物，不同於蘇軾和辛棄疾一派的豪放詞風。這首詞氣勢磅礴、豪邁，具有明顯的豪放派風格。詞中「風休住，蓬舟吹取三山去！」的三山是指蓬萊、瀛洲、＿＿＿＿＿三座仙山。

A. 方諸　B. 崑崙　C. 方壺　D. 方丈

═══ 廿九 ═══

過鬆源晨炊漆公店（其五）

［南宋］楊萬里

莫言①下嶺便無難，賺得②行人空喜歡③。
正入④萬山圈子⑤裡，一山放出一山攔⑥。

📖 注釋

①莫言：不要說。②賺（ㄓㄨㄢˋ）得：哄騙得，贏得，博得。③空喜歡：白高興，一作「錯喜歡」。④正入：恰好，或表示動作在進行中。一作「政入」。⑤圈子：範圍。一作「圍子」。⑥攔：阻攔。

📖 **譯文** ··

　　不要再說下山就沒有困難了，爬山的人被這話騙得白高興一場。

　　恰好進入崇山峻嶺的範圍裡，一座山放過你又被另一座山阻攔。

📖 **賞析** ··

　　楊萬里的詩歌作品不拘一格、富於變化，往往「假辭諺語，衝口而來」，因而形成通俗淺近、自然活潑的語言特色。此詩是詩人在建康江東轉運副使任上外出紀行之作。詩人藉助景物描寫和生動形象的比喻，透過寫山裡行路的感受，創造了一種深邃的意境。同時蘊含著深刻哲理：上山容易下山難，人生在世豈無難？只有不畏艱難，排除萬難，才能走上人生之巔。

　　前兩句把行人「下嶺」時的心理活動描寫得生動有趣。「賺」字則明顯帶有一種自嘲和調侃的色彩，幽默風趣。行人認為下山容易，與實際上的艱難形成鮮明的對比，因此說「賺」，「賺得」就是騙得，「空喜歡」就是白高興一場。行人是被自己對下嶺的主觀想像欺騙了，詩人在此只點出而不說破，給讀者留下無限的懸念。

　　後兩句承接「空喜歡」，對第二句留下的懸念進行解釋，先知難，才能迎難而上。無論做什麼事，都要對前進道路上的困

難做好充分的猜想，不要被一時的成功所迷惑。本來上山過程中要攀登多少道山嶺，下山過程中也會相應遇到多少道山嶺，當缺乏思想準備的行人「正入萬山圈子」（一作「政入萬山圍子裡」）時，發現自己正處在萬山包圍的圈子裡，才恍然大悟。「放」、「攔」兩個字把山擬人化了，把無生命的物體變成了有生命、有靈性的龐然大物，它彷彿給行人布置了一個「八卦陣」，設定了層層疊疊的圈套，那些行人們爬山、下山時，從輕鬆、欣喜、意外、驚詫到恍然大悟的心理狀態，也正是來自「一山放出一山攔」（一作「一山放過一山攔」）。

拓展

詩人一生力主抗戰，反對屈膝投降，宋孝宗登基後，便被外放做官。西元一一九二年，楊萬里在建康江東轉運副使（代理總管淮西和江東軍馬錢糧）任上外出作《過鬆源晨炊漆公店六首》，同年謝病自免，回歸吉水。寧宗多次召楊萬里赴京，均被其推辭。寧宗賜其衣帶，進封_____，加食邑三百戶。去世後，朝廷追贈楊萬里為光祿大夫。

A. 吉水縣開國伯　B. 廬陵郡開國侯　C. 渤海縣侯　D. 淮陰侯

═══ 三十 ═══

鄉村四月

[南宋] 翁卷

綠遍山原^①白滿川^②，子規^③聲裡雨如煙。

鄉村四月閒人少，才了^④蠶桑^⑤又插田。

📖 注釋

①山原：山陵和原野。②川：平地。③子規：鳥名，杜鵑鳥。④才了（ㄌㄧㄠˇ）：剛剛結束。⑤蠶桑：種桑養蠶。

📖 譯文

山陵和原野鋪滿綠色，水天相映，在煙雨迷濛中聽見杜鵑的啼叫。

鄉村裡到了初夏四月，沒有閒人，剛剛結束種桑養蠶又該去插秧。

📖 賞析

詩人用白描的手法、簡練的文字，勾畫出江南大地一片欣欣向榮的景象。全詩風格平易自然，富有生活氣息，表達了詩人對田園風光的熱愛和對農民辛勤勞動的讚美之情。

前兩句寫景，刻劃鄉村的初夏。綠原、白川、子規、煙

雨，寥寥幾筆就把水鄉初夏時特有的景色勾勒出來。一個「綠」，一個「白」，交相輝映，色彩明亮絢麗，「雨如煙」將綠油油的禾田，白茫茫的水氣，全都籠罩在淡淡的煙霧之中。詩中以「綠遍」形容初夏時節草木蔥鬱，以「白滿」表示江南鄉村雨水充足，以「如煙」寫出了江南雨季特有的景緻，以「子規聲」暗喻催耕，形象而生動，平添了勃勃生機。

後兩句敘事，敘述農事繁忙。四月，正是農事勞作的關鍵時期。在一個以農業為本的社會裡，廣大勞動人民要依照節序來安排生產，這既是客觀規律，也是人們的主觀意識。畫面上突出剛剛收完蠶繭便在水田插秧的農民形象，從而襯托出「鄉村四月」勞動生活是緊張的、有序的、繁忙的。「蠶桑」和「插田」是關係著古人衣、食的兩大農事，江南鄉村家家戶戶都不會輕視，更何況在初夏時節桑葉肥嫩、河水漲滿的時候，更是家家戶戶爭搶時間的日子。「才了蠶桑又插田」也是化繁為簡，有的人家正在「蠶桑」，有的人家正在「插田」，有的人家既在「蠶桑」又在「插田」，鄉村中到處是一派忙碌的景象。

詩人用樸實生動的語言，將江南鄉村四月的勞作譜寫成一幅色彩交織的圖卷。

📖 拓展

翁卷，字靈舒，一生只參加過一次科舉考試，失利後一直生活在江南一帶。其生平經歷曲折坎坷，詩詞常描寫山水小景

及其閒情野趣，尚白描、忌用典，詩風以平和淡雅見長。與趙師秀、徐照、徐璣並稱為「＿＿＿＿＿」，在南宋的文化藝苑裡，另闢出了一塊新的園地。

　　A. 大曆才子　　B. 溫州四傑　　C. 江湖詩派　　D. 永嘉四靈

四月

五月

初一

雜詩十二首（其一）

[東晉]陶淵明

人生無根蒂①，飄如陌②上塵。

分散逐風轉，此已非常身③。

落地為兄弟，何必骨肉親！

得歡當作樂，斗④酒聚比鄰⑤。

盛年⑥不重來，一日難再晨。

及時 當勉勵 ，歲月不待人。

📖 注釋

①蒂（ㄉㄧˋ）：花或瓜果與枝莖相連的部分。②陌：田間東西方向的道路，泛指田間小路。③非常身：不是經久不變的身，即不再是盛年壯年之身。④斗：盛酒器。⑤比鄰：近鄰。⑥盛年：壯年。⑦及時：此處指趁盛年之時。⑧勉勵：鼓勵或鼓舞。

📖 譯文

人生在世如無根無蒂之花，好似大路上隨風飄蕩的塵土。

生命隨風飄轉歷盡艱難後，此身都已不再是最初的模樣。

來到世界都應該成為兄弟，何必認為只有骨肉才相親呢！

遇到高興的事就及時行樂，有酒就要邀請近鄰一起暢飲。

壯年的時光不會重新再來，就像一天內沒有第二次早晨。

趁盛年時應及時鼓勵自己，光陰流逝從不會為人而等待。

📖 賞析

全詩簡單直白，通俗易懂，詩人用自己的人生體會告誡人們，人生不會重來，趁著盛年之時應當勉勵自己、及時行樂，因為人生易老、光陰流逝不待人。

前四句取意《古詩十九首》之「人生寄一世，奄忽若飆塵」，感嘆人生之無常。由於命運變幻莫測，人生漂泊不定，種種遭遇和變故不斷地改變著人，每一個人都不是從前的自我了。中間四句承上啟下，既然命運變幻莫測，人生漂泊不定，豐富的閱歷使人對人生的悲劇性有更深刻的認識，因此，詩人本著「四海之內皆兄弟」的博愛精神追求簡單快樂的生活，表達社會是那麼黑暗，歡樂是那麼難得，生活中偶爾出現的歡樂，就應該倍加珍惜，及時抓住，盡情享受。後四句提示人們人生沒有彩排，歲月不會回頭，時間總在奔流。「盛年」是指壯年時期，需

求懂得珍惜，要過得充實，要把握住每一天。時光飛逝如白駒過隙，無論人生中有多少遺憾，「盛年」都不會第二次到來，就像一天之內沒有第二個早晨一樣。後兩句勸導人們在風華正茂的時候，應當奮發進取。「勉勵」是鼓勵或鼓舞自己，趁盛年之時要奮發圖強，不能虛度光陰，因為光陰流轉，如同大江之水，有時平靜無波，有時波濤洶湧，歲月無情，它是不會停下來等人的，勸人調整心態，有所作為，「莫等閒，白了少年頭，空悲切」。

📖 拓展

陶淵明，名潛，字元亮，曾任江州祭酒、建威參軍、鎮軍參軍等職，最後一次出仕為_____，上任八十多天便棄職，從此歸隱田園，成為中國第一位田園詩人。在當時的特定歷史環境下，陶淵明的本意是鼓勵人們要活在當下，及時行樂，時至今日，結尾這四句常被人們用來作勉勵之用。

A. 江州祭酒　　B. 建威參軍　　C. 鎮軍參軍　　D. 彭澤縣令

===== 初二 =====

山中雜詩

〔南北朝〕吳均

山際^①見來煙^②，竹中窺^③落日。

鳥向簷上飛，雲從窗裡出。

📖 注釋

①山際：山邊。②煙：此處指霧氣。③窺（ㄎㄨㄟ）：從小孔、縫隙或隱蔽處看。

📖 譯文

山與天相接處雲霧繚繞，從竹林的縫隙裡看斜陽。

鳥兒在房簷上飛來飛去，白雲從窗戶裡飄進飄出。

📖 賞析

《山中雜詩》是南北朝文學家吳均所作的山水小品，語言清新優美，文字簡練俐落。吳均善於刻劃周圍景物，音韻和諧，風格清麗，語言明暢，無堆砌之弊。詩歌透過描寫山峰環繞，竹木茂盛，鳥在人家房簷上雀躍，雲彩從窗裡飄出，展現出一幅優美的山水畫卷。

句句寫景的詩並不多見，詩人在山中放眼四望，將不同的

景物組合起來，形成一種特殊的環境，給予人新鮮之感。如果在每句之前，用「你看」二字，一氣連讀，就會在我們眼前展現出一幅絕妙的圖畫。

詩人描寫山中，句句不離主題。煙霧瀰漫在山峰山谷，在山中飄來蕩去，這正是幽靜深邃的山中所常見的景象。落日西沉，只能在竹林的縫隙中窺見其脈脈餘暉，可見竹林之茂密。屋簷上的鳥兒飛來飛去，白雲在窗戶中飄進飄出，都說明詩人所居之處地勢非常之高，而且在茂密的竹林之中。

全詩通俗易懂，動靜結合，景中有人，心中含情，情景交融。透過描寫山中見到的「煙霧」、「夕陽」、「飛鳥」、「白雲」四種景物，配合「山際」、「竹中」、「屋簷」、「窗戶」四種位置，至簡至純，至美至真，令讀者身不能至，心嚮往之。而且還可感到第四句這種特殊景象在平地上見不到，流露出詩人喜愛山水的生活情趣，恬淡超然的閒居之樂。

紀曉嵐之師曾言「事能知足心常泰，人到無求品自高」，所謂「無求之境」，並非一無所求，而是無非分之求，無過度之求。如果細細吟味此詩，詩人沐浴在山高雲長之中，眼中有陽光，心中有翅膀，在寫景中已暗示出詩人的山居之樂，他恬淡超然、知足常樂的心境也於此可見。

📖 拓展

　　吳均，字叔庠（ㄒㄧㄤˊ），吳興故鄣（今湖州市安吉縣）人，不僅是＿＿＿＿時期的史學家，還是文學家。他好學有俊才，其詩文深受南朝文壇領袖、政治家、文學家、史學家沈約的稱讚。其詩清新，且多為反映社會現實之作，其文工於寫景，詩文自成一家，常描寫山水景物，稱為「吳均體」，開創一代詩風。

　　A. 南朝宋　B. 南朝齊　C. 南朝梁　D. 南朝陳

＝＝＝ 初三 ＝＝＝

鹿柴①

[唐] 王維

空山不見人，但聞人語響。
返景②入深林，復③照青苔上。

📖 注釋

　　①鹿柴（ㄓㄞˋ）：原為以木柵為欄，鹿居住的地方。此處指輞（ㄨㄤˇ）川二十處景觀的其中一處。②返景（ㄧㄥˇ）：「景」通「影」，指日落時分，陽光返射的景象。③復：又。

📖 譯文

空寂的山中看不見來人，只聽見人的聲響。

夕陽光線照射進入深林，又對映在青苔上。

📖 賞析

王維從小就在母親的影響下唸佛修行，為官後對爾虞我詐、爭權奪利的官場深感厭倦，晚年棄官離朝，帶著自己對物我合一的嚮往之情隱居輞川。輞川有勝景二十處，王維和他的好友裴迪逐處作詩，編為《輞川集》，這是其中的一首。

前兩句正面描寫山中杳無人跡，以響襯靜，空廓虛無。「空山」是表現山的空寂清幽。與《山居秋暝》中「空山新雨後，天氣晚來秋」的「空山」表現雨後秋山的空明潔淨，和《鳥鳴澗》中「人閒桂花落，夜靜春山空」的「山空」表現夜間春山的寧靜幽美略有不同，但都以幽靜景色著筆。「不見人」愈見其空，引出下句的「人語響」，從側面描寫山林植被茂密，層層疊疊，擋住了詩人的視線，以至於詩人在這「空山」當中看不到人影，卻能夠聽得見來人或友人說話的聲音。用暫時的「響」反襯出長久的「靜」，更有韻味，宛如幻境。

後兩句寫山林幽深，以光映色，光影斑駁，形象傳神。「深林」本來就幽暗，林間樹下的青苔更難見到陽光，而詩人用「返景」這一抹斜暉，給幽暗的「深林」帶來一線光亮，給林間「青

苔」帶來一絲暖意，或者說給整個「深林」帶來一片生機。「返景」即「返影」，為「空山」和「深林」增添溫暖的色調，這色調不僅微弱，而且短暫，一抹餘暉轉瞬逝去之後，接踵而來的便是漫長的幽暗。此詩的絕妙之處在於以畫入詩，以「人語」襯靜，以「返景」襯幽，使整體靜美的景觀形象更加突出，使整個「鹿柴」散發著安靜恬適的生活氣息。

📖 拓展

　　王維不僅是唐朝著名的詩人，還是唐朝著名的山水畫家。他的畫作展現了文人士大夫嚮往超然、閒適的情懷，專注於個人的心靈與精神，多傳達出空寂無聲的靜觀之態，形象與意境相得益彰。他的畫風及繪畫思想對_____發展產生了極其深遠的影響。

　　A. 山水畫　　B. 禪意畫　　C. 野風畫　　D. 寫實畫

══ 初四 ══

書事

[唐] 王維

輕陰①閣②小雨，深院晝慵③開。
坐看蒼苔④色，欲⑤上人衣來。

📖 **注釋** ··

　　①輕陰：微陰的天色。②閣：通「擱」，動詞，阻止，放置，擱置，停下來。③慵：睏倦，懶得動。④蒼苔：青色苔蘚。⑤欲：簡直要。

📖 **譯文** ··

　　細雨初停，天還陰沉，儘管在白天也懶得開啟院門。

　　安坐下來，靜觀青苔，那綠色簡直要染上人的衣服。

📖 **賞析** ··

　　王維的五言絕句寫得別開生面，引人入勝，透過將色彩擬人化，使它具有性靈，再以移情和擬人手法，化無情之景為有情之物，從而巧妙地表達出自己心中新奇獨特的感受。

　　前兩句「輕陰閣小雨，深院晝慵開」是即景抒情之句。詩人在一個細雨初停、天色陰沉的時候，緩步走向了「深院」中。但他沒有要出去的想法，甚至懶得去開那院門。似乎「輕陰」是易讓人產生疏懶情緒的溫床，詩人用了一個「閣」字，「閣」通「擱」，有阻止、延滯、停下來的意思，彷彿是「輕陰」迫使小雨停止下來的。第二句「深院晝慵開」承接上句微雨初停後的行為動作，詩句間不經意地流淌出藝術渲染力。

　　「坐看蒼苔色，欲上人衣來」是詩人的妙筆，將那蒼苔綠色

賦予動態，甚至賦予情感。因為現實中雨後的青苔十分鮮亮，對映得週遭都有了綠色的光影，加之「深院」中極為幽靜清寧，自然綠意就顯得更入人心，更令人陶醉了。「欲上人衣來」用詞巧妙，詩人竟然進一步產生幻覺，覺得那青翠染溼了自己的衣服。這種主觀幻覺正是雨後「深院」幽美的景色誇張、有力地烘托出「深院」的幽靜。十足的慵懶情緒，滿目的生命色彩，都從這十個字中跳躍出來。

全詩清新自然，表達詩人見到綠意時那種驚喜、新奇，也突出這種綠意是自然萬物在寧靜中蘊含的勃勃生機。

📖 拓展

青苔被雨水洗滌後，顯得特別青翠，它那鮮美明亮的色澤，特別引人注目，讓人感到周圍的一切景物都映照了一層綠光。王維參禪悟道，經常運用「蒼苔」。「青苔」在詩中，如_____寫出不同色彩的映襯、對照，創造了一種幽深而光明的象徵性境界，從而巧妙地揭示自己內心的情感奧祕。

A.《山居秋暝》　B.《鹿柴》　C.《鳥鳴澗》　D.《竹里館》

芒種

觀刈①麥（節選）

[唐] 白居易

田家少閒月，五月人倍忙。

夜來南風起，小麥覆隴黃②。

婦姑③荷簞食④，童稚攜壺漿⑤。

相隨餉田⑥去，丁壯在南岡。

足蒸暑土氣，背灼炎天光。

力盡不知熱，但惜 夏日長。

📖 **注釋**

①刈（一ˋ）：割。②覆隴黃：小麥黃熟時遮蓋住了田埂。③婦姑：泛指婦女。④簞（ㄉㄢ）食：用竹籃盛的飯。⑤壺漿：用壺裝湯和水。⑥餉（ㄒㄧㄤˇ）田：為在田裡勞動的人送飯。⑦但惜：只盼望。

📖 **譯文**

農家很少有空閒的月分，到了五月分更加繁忙。

夜裡刮起了暖暖的南風，田埂裡小麥已經成熟。

婦女們擔著盛飯的竹籃，孩子們提著裝湯的壺。

相互伴隨到田裡送飯食，男人們都勞作在南岡。

雙腳被地面的熱氣燻蒸，脊背被炎熱陽光晒烤。

精疲力竭卻不知道炎熱，是因為珍惜夏日天長。

📖 **賞析**

　　整首詩敘事明白，結構自然，層次清楚，順理成章，把農民夏收時那種辛勤勞碌而又痛苦的生活場景描寫得生動真切，歷歷如畫。

　　第一層四句統領全篇，交代時間、背景。農民是年復一年，日復一日地勞作在土地上，到了五月分更加繁忙，因為「南風起」，致使小麥成熟了，收穫的時間很短，才有後文已經累得筋疲力盡還不覺得炎熱，只是珍惜夏天晝長能夠多幹點活。第二層八句，透過村中「婦姑」、「童稚」、「丁壯」的群體忙碌來展現這「人倍忙」的收麥場景，真實展現勞動人民對收穫的期盼，對美好生活的憧憬，字裡行間都充滿了對勞動者的同情和憐憫。「足蒸暑土氣，背灼炎天光。力盡不知熱，但惜夏日長。」這四句正面描寫收麥勞動。他們臉對著大地，背對著烈日，下面如同蒸籠，上面又似火烤，但是「丁壯」用盡一切力量揮舞著鐮刀割麥，似乎完全忘記了炎熱。為了爭奪時間，珍惜夏日天長猶如《賣炭翁》中有「可憐身上衣正單，心憂炭賤願天寒」之語。

　　詩人在此詩後文又加重敘事筆墨，對當時害民的賦稅制度提出了尖銳批評，對勞動人民所蒙受的苦難寄寓了深切的同情。

拓展

《觀刈麥》是白居易任陝西盩（ㄓㄡ）厔（ㄓˋ）＿＿＿＿＿（今陝西省長安縣東）時，有感當地人民勞動艱苦、生活貧困所寫的一首詩。此時的白居易主管緝捕盜賊、徵收稅款等事，內心十分慚愧，於是直抒事，表達了對勞動人民的深切同情。

A. 縣令　B. 縣丞　C. 知縣　D. 縣尉

＝＝＝ 初六 ＝＝＝

登鸛雀樓

［唐］王之渙

白日①依山盡，黃河入海流。
欲窮②千里目③，更上一層樓。

注釋

①白日：太陽。②欲窮：想要達到極點。③千里目：眼界寬闊。

譯文

太陽依傍山巒漸漸下落，黃河向著大海滾滾東流。
要想看得更遠達到極點，不斷向上登上一層高樓。

📖 賞析

　　北宋著名科學家沈括在《夢溪筆談》中曾指出，唐人在鸛雀樓所留下的詩中，「唯李益、王之渙、暢當三篇，能狀其景」。李益的詩是一首七律，暢當的詩是一首五絕，但有王之渙的這首詩在前，比較之下，李益和暢當終輸一籌。不過，此詩的作者尚存有爭議，《全唐詩》兩百五十三卷第一首是王之渙的《登鸛雀樓》，第兩百零三卷第二十九首是朱斌的《登樓》，最後一句為「更上一重樓」，最早收錄這首詩的唐詩選本《國秀集》中作者也為朱斌。

　　這首詩寫出詩人在登高望遠中的胸襟抱負，對仗的技巧渾然天成，把道理與景物融合得天衣無縫。這首詩不但是唐詩的巔峰之作，反映了盛唐時期人們積極向上的進取狀態，也是千百年來激勵著無數人奮發向上的精神內涵。

　　前兩句寫所見。第一句寫山，第二句寫水。詩人登上黃河岸邊的鸛雀樓，遙望一輪落日向著連綿起伏的群山西沉，這是天空景，也是西望景。在視野的盡頭，黃河奔騰而來，又在遠處消失殆盡，流歸大海，這是陸地景，也是東望景。兩句寫盡山河氣概，雄偉闊遠。「白日」對「黃河」，「依山」對「入海」，將廣遠濃縮為咫尺，令人心曠神怡，且對仗工整，拆開組合均可，遣詞造句極有功夫。

　　後兩句寫所想。「欲窮」、「更上」都是詩人登樓過程中的

具體感受，但其含義深遠，耐人探索。「欲窮千里目」是詩人一種無止境探求的願望，還想看得更遠，看到目力所能達到的地方，唯一的辦法就是「更上一層樓」或「更上一重樓」了。後兩句揭示了「只有站得高，才能看得遠」這一生活哲理，成為不朽的名句。「千里」、「一層」都是虛數，是廣度「千里」，垂直「一層」立體的空間概念。「欲窮」包含了詩人的希望、憧憬，「更上」是詩人的具體行動，詩人鼓勵人們要有寬闊的視野、高遠的志向，不斷向上，追求更高的目標。

📖 拓展

鸛雀樓，古名鸛鵲樓，在今＿＿＿。始建於北周時期，作軍事瞭望之用，因時有鸛鵲棲息其上而得名。鸛雀樓樓體壯觀，結構奇巧，歷經七百餘年，在蒙古攻金時，毀於大火，從此，無限輝煌的鸛雀樓灰飛煙滅。

A.山西省永濟市　B.甘肅省蘭州市　C.河南省濟源市　D.山西省大同市

初七

黃鶴樓①

[唐]崔顥

昔人②已乘黃鶴去，此地空餘黃鶴樓。

黃鶴一去不復返，白雲千載空悠悠③。

晴川④歷歷⑤漢陽⑥樹，芳草萋萋 鸚鵡洲 。

日暮鄉關 何處是？煙波 江上使人愁。

📖 注釋

①黃鶴樓：三國時期吳黃武二年（西元二二三年）修建的名樓，舊址在今湖北省武漢市長江南岸，多次被毀。②昔人：《圖經》上說三國時期蜀漢名臣費禕成仙，在此乘鶴登仙。③悠悠：飄蕩的樣子。④晴川：一為陽光照耀下的江面；一為晴日裡的原野。⑤歷歷：清楚明白，分明可數。⑥漢陽：在黃鶴樓之西，漢水北岸，今湖北武漢的漢陽區。⑦萋萋：草長得茂盛的樣子。⑧鸚鵡洲：唐朝時在長江中的小洲，明末逐漸被水衝沒。⑨鄉關：家鄉，故鄉。⑩煙波：煙霧籠罩的水面。

📖 譯文

昔日的仙人已乘著黃鶴飛去，此地留下空蕩蕩的黃鶴樓。

黃鶴飛去再也沒有返回這裡，千百年來只看見白雲悠悠。

陽光下漢陽的樹木清晰可見，能看清芳草繁茂的鸚鵡洲。

暮色漸起不知哪裡是我家鄉？江面煙波渺渺更使人心愁。

📖 賞析

　　崔顥早期詩歌多寫閨情，反映婦女生活，後赴邊塞，所寫邊塞詩慷慨豪邁，詩風變為雄渾奔放，不過，崔顥最負盛名的作品則是這首《黃鶴樓》。《黃鶴樓》之所以成為千古傳頌的名篇佳作，主要還在於詩歌本身具有的美學意蘊。全詩自然宏麗，情真意切，如信手拈來，一氣呵成。

　　前四句寫登上氣勢宏偉的黃鶴樓，開篇意境開闊、氣魄宏大。黃鶴樓久遠的歷史和美麗的傳說在詩人眼前一幕幕回放，但終歸物是人非，鶴去樓空，有歲月不再、古人不可見之憾。白雲飄蕩，悠悠千載，恰能表現世事茫茫之慨。前三句連用三個「黃鶴」，也表現出詩人不拘於律詩常格，而勇於大膽創新的精神。

　　後四句筆鋒一轉，由寫傳說中的仙人轉而寫詩人眼前登黃鶴樓所見。俯瞰長江，面對大江彼岸的山，清晰可見的樹木，長勢茂盛的芳草，勾勒出黃鶴樓外江上明朗的日景，形象鮮明，色彩繽紛。結尾則徘徊低吟，從「晴川」到了「日暮」，說明詩人已在黃鶴樓上駐足良久，沉思故鄉在哪兒呢？眼前只見一片霧靄籠罩的江面，為人帶來深深的愁緒。詩作以一「愁」收篇，表達了日暮時分詩人登臨黃鶴樓的心情，同時又和開篇的暗喻相照應，以起伏輾轉的文筆表現纏綿的鄉愁。

拓展

崔顥之黃鶴樓與范仲淹之岳陽樓，王勃之滕王閣，張繼之寒山寺，都成為名垂千古的詩作，南宋＿＿＿＿認為：「唐人七言律詩，當以崔顥《黃鶴樓》為第一。」而清人孫洙編選的《唐詩三百首》，把崔顥的《黃鶴樓》放在「七言律詩」的首篇。

A. 嚴肅　B. 嚴參　C. 嚴羽　D. 嚴仁

═══ 初八 ═══

池上（其二）

［唐］白居易

小娃撐小艇①，偷採白蓮②回。

不解③藏蹤跡，浮萍④一道開。

注釋

①小艇：小船。②白蓮：白色的蓮花，是藥食共用的植物。③不解：不知道，不懂得。④浮萍：浮萍科植物，一年生草本植物，葉子浮在水面，下面生鬚根。

譯文

一個小孩撐著一艘小船，偷偷地採了白蓮歸來。

不懂得隱蔽自己的蹤跡，水面上浮萍被船划開。

📖 賞析

　　一日白居易遊於池邊，見山僧下棋、小娃撐船而作《池上》組詩。第一首詩寫山僧對弈，與世無爭，也是自己心態的一種反映。第二首詩寫一個小孩兒偷採白蓮的情景，孩子天真幼稚、活潑可愛，詩人準確地捕捉到小娃偷採白蓮歸來時的心情，讀起來別開生面。

　　「白蓮」與其他植物的差別表現在它並不是先有了營養生長，後生殖生長，而是營養生長貫穿於它的整個生長週期中。東都洛陽的夏天，池塘裡景色迷人，碧綠的荷葉，雪白的荷花，綠色的蓮蓬競相入眼。詩人在池邊觀察到一個「小娃」，「小娃撐小艇」說明年齡尚小，並非下水勞作，是瞞著大人悄悄出去的。「偷採白蓮回」寫出小孩一邊欣賞美麗的荷花，一邊摘了幾個蓮蓬，划船回來，當時的心情一定是興高采烈、得意忘形的。

　　後兩句說「小娃」不知道隱藏自己的行蹤，小船衝開「浮萍」留下了一道長長的痕跡。「不解」是天真、幼稚和可愛，詩人心中正喜其「不解」，採到白蓮後，小孩一定是高興壞了，興奮得竟忘記了自己是瞞著大人偷偷去的，公然大搖大擺地划著小船跑回家，這樣才會在湖裡清晰地留下了小船經過的痕跡。「浮萍一道開」把一個充滿童趣的畫面和一個天真無邪的小孩形象寫得呼之欲出、活靈活現。

　　詩中的小主角從撐船進入畫面，到他離去，只留下被划開

的一片浮萍，有景有色，不僅有行動描寫，更有心理刻劃，使「小娃」天真幼稚、活潑可愛的形象躍然紙上。

📖 拓展

由於「荷」與「和」、「合」諧音，「蓮」與「聯」、「連」諧音，而蓮花是佛教的象徵之一，象徵著修行者於五濁惡世而不染，歷練成就。湖南湘潭、安鄉等地出產的「湘蓮」，浙江武義宣平出產的_____，福建建陽、建寧出產的「建蓮」，為中國三大名蓮，在國內外享有盛譽。

A.「武蓮」　　B.「義蓮」　　C.「宣蓮」　　D.「平蓮」

初九

尋隱者不遇

〔唐〕賈島

松下問童子①，言②師採藥去。

只在此山中，雲深③不知處④。

📖 注釋

①童子：沒有成年的小孩。此處指「隱者」的弟子。②言：告知，告訴。③雲深：此處指山上的雲霧。④處：存在，置身。此處指行蹤，所在。

📖 **譯文**

松樹下詢問隱者的學童，他說師父去山中採藥了。

只知道就在這座大山裡，雲霧很深不知具體行蹤。

📖 **賞析**

這首詩的作者一說為賈島，一說為孫革。《全唐詩》五百七十四卷賈島名下此詩題目是《尋隱者不遇》，《全唐詩》四百七十三卷孫革名下此詩的題目是《訪羊尊師》，內容完全一致，而南宋洪邁的《萬首唐人絕句》賈島名下未見此詩。

這首詩是詩人到山中尋訪一位隱者未能遇到有感而作的，不但在用字上講求精準極致，在謀篇布局上也下足功夫。詩中松樹代表了高潔的精神，白雲代表了潔身自愛的情懷，雲深則表現了詩人對隱士生活的羨慕之情。

全詩最為精妙之處是一問三答，高度概括。第一句是詩人到「隱者」所居之處去拜訪他，「松下」遇到「童子」，發問者自然是「我」，故不必寫「我」，也知是「我」，所以省略掉主語。因為此行的目的在題目中已經交代，「問童子」的內容，說與不說，盡人皆知，所以在此省略不說。下面三句用「言」字總承，都是「童子」回答，當然不能是「童子」一下子說這麼多，而應該是正常的一問一答，有問有答，巧妙之處是只用「童子」回答的內容就可以補充全面和有所了解。

全詩第二個高明之處在於只有二十個字，運用一問三答的形式，將這位未曾謀面的「隱者」立體地刻劃出來了。首先，隱士離開繁華的塵世，躲避在青山綠水、蒼松白雲之間，這些景物就是他高尚人格的象徵。其次，有「童子」相伴，他就不會感到孤獨，說明其思想、境界有所傳承和依託，隱者並非獨善其身之人。再次，「採藥去」還隱含著重要內容，隱士絕非完全獨立於世，隱者入山採藥，說明常以施藥表達仁者愛人之意，反映了隱者濟世的仁愛之心。最後，「雲深」又暗喻「隱者」膽識過人，境界之高，思想之深。

拓展

隱士也叫「幽人」、「逸士」等，並不是所有居於鄉野山林不入仕途之人都可稱為隱士，隱士首先是知識分子，是「士」階層的成員之一。「梅妻鶴子」的故事是指歷史上很有名的隱士＿＿＿＿＿，他能保持獨立人格，追求思想自由，不委曲求全，不依附權勢。

A. 陶淵明　B. 王重陽　C. 鬼谷子　D. 林逋

初十

浪淘沙・九曲黃河萬里沙

［唐］劉禹錫

九曲①黃河萬里沙，浪淘風簸②自天涯③。

如今直上銀河④去，同到牽牛織女家。

📖 注釋

①九曲：形容彎彎曲曲。②浪淘風簸：黃河風浪滾動的樣子。③天涯：在天的邊緣處。④直上銀河：古代傳說黃河與天上的銀河相通。

📖 譯文

萬里黃河夾雜著泥沙蜿蜒而來，波濤滾滾風浪陣陣像來自天涯。

如今扶搖直上飛向高空的銀河，讓我們一同去尋訪牛郎織女家。

📖 賞析

《浪淘沙》是劉禹錫的組詩作品，共九首。第一首描寫黃河神話，第二首描寫洛水愛情，第三首描寫汴水世事，第四首描寫長江情懷，第五首描寫濯錦江風情，第六首描寫西江勞作，

第七首描寫錢塘江潮，第八首抒情言志，第九首描寫瀟湘往事。詩中涉及黃河、洛水、汴水、長江、濯錦江、西江、錢塘江、梅溪河、瀟水和湘水等地，約為詩人輾轉於夔州、和州、洛陽等地之作。

首句「九曲黃河萬里沙」簡單直接地描繪了黃河的兩大特點，蜿蜒曲折，泥沙俱下，寫出黃河奔騰不息的雄偉氣勢。下句進一步遞進，泥沙翻滾著，風波湧動，撲面而來，「萬里」、「天涯」都是描寫距離之遠，路途之長，落差之大，「淘」字則形象地表達出黃河泥沙翻滾的動作，生動形象地寫出了黃河裏挾風浪滾滾向東的氣勢，使人頓生身臨其境之感。

後兩句由「實境」幻化成「仙境」，把讀者帶入奇異的神話世界。傳說中牛郎和織女因觸怒天帝，被分隔在銀河兩岸，每年只允許他們在農曆七月初七相會一次。詩人將眼前所見的壯闊景象展開豐富的想像力，說黃河竟然能直上銀河，甚至聯想到詩人能沿著河道一同去尋訪牛郎和織女，表達出對美好生活的嚮往。而且，「如今直上」有沿著黃河河道逆流而上之意，展現了詩人乘風破浪，不懼艱險的豪邁氣概，表現出一種百折不撓，積極進取的精神。

📖 拓展

劉禹錫是唐代文學家、哲學家，與柳宗元並稱「劉柳」，與韋應物、白居易合稱「三傑」。他的詩詞格調清新，含蓄深沉，

清俊明朗，高昂向上，善用比興手法寄託政治內容。劉禹錫的哲學思想更具有鮮明的唯物主義傾向，在宇宙論方面，論述天的物質性，闡明萬物的生長、發展是一種自然過程，主要著作是_____，具有唯物主義思想的進步性。

A.《昕天論》　B.《天對》　C.《天論》　D.《天演論》

══ 十一 ══

浪淘沙·莫道讒言如浪深

[唐]劉禹錫

莫道讒言①如浪深，莫言遷客②似沙沉。

千淘③萬漉④雖辛苦，吹盡狂沙始到金。

📖 注釋

①讒言：誹謗或挑撥離間的話。②遷客：遭貶遷的官員及因罪而流徙他鄉的人。③淘：用水洗去雜質。④漉：液體慢慢地滲下，濾過。

📖 譯文

莫說讒言如浪濤令人恐懼，莫說被貶之人像泥沙一樣消沉。

千遍萬遍的過濾雖然辛苦，吹盡了泥沙才能見到閃爍黃金。

📖 賞析

　　《浪淘沙》共九首，均為劉禹錫被貶之後作品，其中第一首和第八首廣為流傳，此為第八首。雖然詩人遭人陷害，屢遭貶謫，歷經坎坷，九死一生，但詩歌情感卻昂揚向上，堅信歷盡千辛萬苦，經受住磨難後終究會顯出英雄本色，堅信捱過了黑暗，才看得到光明，耐得住寂寞，才守得住信念。

　　前兩句直抒胸臆，直接闡明觀點，提出不要認為讒言像洶湧的浪濤一樣令人生畏，也不要說遷客像沙子一樣隨波沉浮。「莫道」和「莫言」都是肯定的語氣，表明「讒言如浪深」，「遷客似沙沉」的現象未必是必然發生的，即使有「讒言」，人也未必就「似沙沉」。遭受不公正的遷謫，逆境淒楚的待遇，也不能如泥沙一樣沉入江底，要有不甘沉淪的雄心，要有努力搏擊的鬥志。這正是劉禹錫一生的寫照，他面對權貴時絕不低頭，與友相交時兩肋插刀，跌入谷底時逢秋不悲，堅守理想時氣宇軒昂。

　　後兩句表達心志，說明淘沙雖然很辛苦，但就是這樣的辛苦付出才會有所收穫和回報。大浪可以把沉沙揚起又拋落，也就在無數次的起伏升降之中，沙泥經歷了「千淘萬漉」，埋葬於其中的金子才得以顯現出來。「遷客」高尚的品格情操如同黃金一般，也會在這無數次的磨難中顯露出來。這就是大浪淘沙的道理，也是烈火現真金，士窮見節義的哲理。

　　不管世事滄桑，不懼風吹浪打，不論現實艱難，我自歸（ㄍ

ㄨㄟ）然不動。劉禹錫被貶謫後，能夠勇敢地面對現實生活，他曾為自己沒有充分起政治才能而感到遺憾，也為自己為人處世問心無愧而無比自豪。「千淘萬漉雖辛苦，吹盡狂沙始到金」永遠激勵著不畏艱難險阻、有遠大志向的人們。

📖 **拓展** ··

　　劉禹錫因參與了「永貞革新」，失敗後被貶至＿＿＿＿當一名刺史。初到時，受到當地知縣故意刁難，不將其安排在衙內居住，安排他在城南面江而居，劉禹錫寫下「面對大江觀白帆，身在和州思爭辯」貼在門上。知縣得知後，又安排他住在縣城北門，劉禹錫又寫下「垂柳青青江水邊，人在歷陽心在京」貼在門上。後來面積一次比一次小，最後僅是斗室，劉禹錫提筆寫下一篇《陋室銘》，立於門前，流傳千古。

　　A. 夔州　B. 和州　C. 遠州　D. 播州

＝＝＝ 十二 ＝＝＝

浪淘沙・白浪茫茫與海連

[唐] 白居易

　　白浪①茫茫與海連，平沙浩浩②四無邊。
　　暮去朝來淘不住③，遂令東海變桑田④。

📖 **注釋** ⋯⋯⋯⋯⋯⋯⋯⋯⋯⋯⋯⋯⋯⋯⋯⋯⋯⋯⋯⋯⋯⋯⋯⋯⋯⋯⋯⋯

①白浪：此處指波濤。②浩浩：浩瀚的樣子。③不住：不停歇，不停止。④東海變桑田：神話中仙人麻姑，稱自己見過東海變為桑田。後來指世事發生的變化大。

📖 **譯文** ⋯⋯⋯⋯⋯⋯⋯⋯⋯⋯⋯⋯⋯⋯⋯⋯⋯⋯⋯⋯⋯⋯⋯⋯⋯⋯⋯⋯⋯

波濤茫茫一片與海天相連，岸邊浩瀚的沙子一望無邊。

海浪日夜不停地衝擊海岸，於是滄海也會演變為桑田。

📖 **賞析** ⋯⋯⋯⋯⋯⋯⋯⋯⋯⋯⋯⋯⋯⋯⋯⋯⋯⋯⋯⋯⋯⋯⋯⋯⋯⋯⋯⋯⋯

《浪淘沙》原為唐教坊曲名，後用為詞牌名。唐代劉禹錫、白居易依小調《浪淘沙》唱和而首創樂府歌辭《浪淘沙》，包括劉禹錫的《浪淘沙·九曲黃河萬里沙》、《浪淘沙·莫道讒言如浪深》，白居易的《浪淘沙·白浪茫茫與海連》均為七言絕句體。

前兩句展現出一幅宏大的場面。詩人站在海岸線上，遠處的白浪氣勢不凡，波濤翻滾和大海緊密相連。「平沙浩浩四無邊」是說岸邊的沙子一望無際，浩瀚無邊。詩人駐足於此，眼見海邊的潮汐，日復一日，年復一年地沖刷著海岸。

後兩句是一種自然現象，因為地球內部的物質總在不停地運動著，因此會促使地殼發生變動，有時上升，有時下降，挨近大陸邊緣的海水比較淺，如果地殼上升，海底便會露出，

而成為陸地；相反，海邊的陸地下沉，便會成為海洋。在中國古代神話故事中，東漢時期精通天文、河圖的王遠成仙後，七月七日與眾多隨從召請仙人麻姑，眾人都不知道麻姑是什麼神仙。麻姑說：「自我成仙以來，已見東海三次變為桑田，剛才到蓬萊，見東海水又淺於過去，將要到以前的一半深了，難道又要變成陸地嗎？」王遠則笑道：「聖人都說，在海中走路又要揚起塵土了。」

白居易在這首《浪淘沙》中指出潮汐漲落的規律和巨大力量，潮汐不斷衝擊著海岸，使海岸、平原不斷地發生著變遷。儘管這種變化不易察覺，但借仙人之口表達人類透過長久觀察也能了解到大海變成桑田的事實，白居易已經在思考自然界的變化規律，這也是詩詞的魅力所在。

📖 拓展

「桑田滄海」、「滄海桑田」都是成語，意思是大海變成桑田，桑田變成大海，比喻世事變化很大。「滄海桑田」一詞出自＿＿＿＿＿＿，後被廣泛引用，唐朝著名詩人李白在《行路難》中寫道：「長風破浪會有時，直掛雲帆濟滄海。」

A.《山海經》　B.《搜神記》　C.《淮南子》　D.《神仙傳》

══ 十三 ══

贈花卿①

[唐]杜甫

錦城②絲管③日紛紛④，半入江風半入雲。

此曲只應天上有，人間能得幾回聞？

📖 **注釋**

①花卿：此處指成都尹崔光遠的部將花敬定。卿是對地位、年輩較低的人一種客氣的稱呼。②錦城：即錦官城，此指成都。③絲管：絃樂器和管樂器，這裡泛指音樂。④紛紛：繁多而雜亂的樣子。

📖 **譯文**

錦官城中整日樂曲悠揚，隨江風飄蕩高入雲霄。

這首曲應該只有天上才有，人間能聽得到幾回呢？

📖 **賞析**

此詩是杜甫贈予花敬定的諷刺詩。花敬定是唐朝的一員武將，是成都尹崔光遠的部將，花敬定曾因平叛立功而居功自傲，放縱士卒，又目無朝廷，僭用天子音樂，故而，杜甫借寫詩諷刺之。

前兩句「錦城絲管日紛紛，半入江風半入雲」表達詩人參加一場私人音樂會的觀感體會。美妙悠揚的樂曲，整日地飄散在錦城上空，輕輕地蕩漾在錦江江面，悠悠地飄揚在白雲之間。「錦城」即成都，「絲管」指絃樂器和管樂器，「紛紛」本意是既多且亂的樣子，通常用來形容那些看得見、摸得著的具體事物，這裡卻用來比作看不見、摸不到的抽象樂曲，這就從人的聽覺和視覺通感上，化無形為有形，極其準確、形象地描繪出絃管樂曲那種輕悠、柔靡、雜錯而又和諧的樂曲效果。「半入江風半入雲」也是採用同樣的寫法因實而虛，虛實相生，將樂曲的美妙讚譽到了極致。兩個「半」字突顯空靈活脫，給全詩增添了情趣。

後兩句則委婉地諷刺花敬定目無朝廷、僭用天子音樂的行為。「此曲只應天上有，人間能得幾回聞？」天上的仙樂加「只應」一詞，是限定的意思，如《周禮》中對各種禮儀音樂的應用都按不同等級而有嚴格規定，這些規定如果違反便是「僭越」，或者「非禮」，即使在唐朝也有專管雅樂的機構。人間當然難得一聞，難得聞而竟聞之，說明「花卿」雖然平叛有功，但他居功自傲，驕恣不法了。

如今，「此曲只應天上有，人間能得幾回聞」已成為千古名句，經常被用來誇耀他人唱歌、彈奏樂器好聽，與杜甫《贈花卿》中的意思已經相去甚遠了。

📖 拓展

　　隋唐時期，國家統一，經濟繁榮，國力強盛，達到了空前的繁榮，它彙集在宮廷裡的各種聲樂、器樂、舞蹈乃至散樂百戲之類的體裁和樣式，而其主體則是歌舞音樂。在樂器的使用方面，彈絃樂器（琵琶類）和打擊樂器（鼓類）適應歌舞音樂的需求，_____有了顯著的發展。

　　A. 清商樂　B. 燕樂　C. 散樂　D. 雅樂

═══ 十四 ═══

絕句漫興（其七）

[唐] 杜甫

　　糝①徑楊花②鋪白氈，點溪荷葉疊青錢。

　　筍根雉子③無人見，沙上鳧雛④傍母眠。

📖 注釋

　　①糝：一讀ㄙㄢˇ，指米粒。②楊花：柳絮。③雉（ㄓˋ）子：俗稱野雞，此處指小野雞。④鳧（ㄈㄨˊ）雛：俗稱野鴨，此處指小野鴨。

📖 **譯文** ···

　　小路上飄落的柳絮像鋪開白氈，小溪上點綴的荷葉似青色銅錢。

　　竹林筍根間的小野雞沒人發現，溪邊沙灘上的小野鴨傍母而眠。

📖 **賞析** ···

　　杜甫寓居成都草堂期間作九首《絕句漫興》，寫草堂一帶由春入夏的自然景物和詩人的情思感觸。前七首分別寫早春、仲春、晚春、初夏景物，後二首寫春去夏臨之景。此為第七首詩，寫成都草堂周邊初夏的景色。全詩四句均寫景，但側重點不同，前兩句描寫入夏後的自然景觀，後兩句描寫動物可愛狀態，各得其妙。

　　前兩句「糝徑楊花鋪白氈，點溪荷葉疊青錢。」描寫此前漫天飛舞的柳絮撒落在小徑上，好像地面上鋪了一層白氈，而溪水中青綠的荷葉點綴其間，好似在水面上有層層疊疊的青色銅錢，這都是入夏的典型特徵。「鋪」、「點」、「疊」把「楊花」、「荷葉」在初夏中的狀態寫得十分生動，把這些平凡的景物表現得很不平凡。

　　既然題作「漫興」，即有興之所到隨手寫出之意，詩人還觀察到不易為人所見的小野雞、小野鴨的狀態。竹林之間，竹筍從地面冒出，小野雞們已經長大，羽毛有了保護色，啄食蟲子，在岸邊沙灘上，沐浴陽光，溫暖舒適，小野鴨們親暱地偎

依在母親身邊安然入睡。透過細緻的觀察和描繪，透露出詩人漫步林溪間對初夏美妙自然景物的欣賞心情，「雉子」、「鳧雛」描寫得極為細膩逼真，語言通俗生動，「無人見」、「傍母眠」讓全詩意境清新雋永，而又充滿生活情趣。

　　這四句詩，一句一景，字面看似乎是各自獨立的，一句詩一幅畫面，而連繫在一起又充滿深摯淳厚的生活情趣。

📖 拓展

　　杜甫定居成都草堂之後，終於有了安身處所，身體得到休息，內心也得到片刻的寧靜，有了寫景組詩的生活空間和情感基礎。_____期間，作了《江畔獨步尋花》七絕句、《絕句漫興》九首等大量詩歌，描寫成都草堂春天和夏天的美好景色，膾炙人口，廣為流傳。

　　A. 西元七五七至七五八年　B. 西元七五九至七六〇年　C. 西元七六一至七六二年　D. 西元七六三至七六四年

═══ 十五 ═══

旅夜書懷

[唐] 杜甫

細草微風岸，危檣①獨夜舟②。
星垂③平野闊，月湧④大江流。

名⑤豈文章著⑥，官應老病休。

飄飄 何所似，天地一沙鷗。

📖 注釋

①危檣（ㄑㄧㄤˊ）：船桅桿。②獨夜舟：孤零零地夜泊江邊。③星垂：星空低垂。④月湧：月亮倒映，隨水流湧。⑤名：名聲。⑥文章著：因文章而著名。⑦飄飄：漂泊不定。

📖 譯文

微風吹過，輕拂著江岸的細草，桅桿高聳，行船夜裡停在江邊。

星空低垂，原野顯得特別廣闊，明月倒映，隨著大江滾滾東流。

我的名聲，豈是因文章而著名，離開官場，因我年老體弱多病。

我這一生，漂泊不定像什麼呢，天地之間，像一隻孤飛的沙鷗。

📖 賞析

孤獨是人生的常態，有的人在面對孤獨時，能發現一片新天地，如李白、王維。有的人在面對孤獨時，思考人生，感喟時光，如杜甫。晚年的杜甫，漂泊無依，疾病纏身，他比喻自

己就像那天地之間的一隻沙鷗，孤獨無依，令人心傷。

　　前四句寫景，先寫小景，後寫大景。其中前兩句寫近景，「細草」、「微風」、「危檣」、「夜舟」依次點明詩人在夜裡所見，景物也是在星月輝映下展現在詩人眼前的景象。詩人將當時的境況和情懷寓情於景，「細」、「微」、「危」、「獨」四字讓人感覺到詩人就像江岸的細草，又像夜裡的孤舟。第三、四句寫遠景，星空低垂，平野廣闊，月隨波湧，大江東流。這兩句遠景雄渾闊大，歷來為人稱道，展現出一幅燦爛、遼闊、浩蕩的江上夜景，反襯出「細草」、「危檣」的渺小，其實也就是詩人自己的渺小，反映了詩人在江岸孤苦伶仃的形象和淒愴的心情。

　　後四句借景抒情，表現出詩人心中的憤懣不平。「名豈文章著，官應老病休。」這是正話反說，名聲豈是能靠文章得來的？含蓄地表達了詩人雖有遠大的政治抱負，但長期被壓抑、排擠，而不能受到重視，因此，只能靠文章博得名聲，意指自己的政治才華並沒有得到施展。如今已失去了依託，離開官場，孤獨地漂泊在天地之間，不過像廣闊天地之間一隻「沙鷗」罷了。

　　杜甫雖然才華橫溢，滿腹經綸，但趕上「安史之亂」，徹底改變了他的人生。晚年壯志未酬，空空如也，生活潦倒，導致他覺得自己無助得像天地間那隻漫無目的的沙鷗一樣可憐！

拓展

歷史上，杜甫因上疏救房琯（時任宰相）之事，觸怒唐肅宗而被罷官。這首詩是他從成都到渝州（今重慶）、忠州（今重慶忠縣）的途中寫的。「星垂平野闊，月湧大江流」的大江是指＿＿＿。

A. 長江　B. 嘉陵江　C. 岷江　D. 巴河

══ 十六 ══

望嶽・岱宗夫如何

[唐] 杜甫

岱宗①夫②如何？齊魯青未了③。
造化④鍾⑤神秀⑥，陰陽 割昏曉。
蕩胸 生曾 雲，決眥 入歸鳥。
會當凌絕頂，一覽眾山小。

注釋

①岱宗：泰山，亦名岱山或岱嶽，五嶽之首。古代以泰山為五嶽之首，諸山所宗，故又稱「岱宗」。②夫（ㄈㄨˊ）：文言助詞。③未了：不盡。④造化：化育萬物的天地、大自然。⑤鍾：集中，聚集。⑥神秀：神奇秀美。⑦陰陽：陰指山北，陽指山

南。⑧蕩胸：心胸蕩然。⑨曾：重疊，一作「層」。⑩決眥（ㄗˋ）：表示極目遠視，眼眶幾乎要裂開。會當：終當，定要。凌絕頂：即登上最高峰。

📖 譯文

五嶽之首泰山景象如何？走出齊魯，山色仍然連綿不絕。

大自然凝聚的神奇秀美，山北山南，被分為黃昏和清晨。

層層白雲升騰蕩然心胸，極目遠視，想把歸鳥映入眼簾。

一定要登上泰山最高峰，一覽無遺，俯瞰群山多麼渺小。

📖 賞析

這首詩是杜甫青年時期到洛陽應試落第而歸、遊歷泰山時的作品。詩中描寫泰山雄偉磅礴，充滿了詩人青年時期的朝氣與激情，抒發自己勇於攀登、傲視山巒的雄心壯志。

首聯是乍一望見泰山時的整體感受，泰山高峻偉岸，橫跨齊、魯兩地，令人仰慕。首句以「岱宗」開篇，「岱」是泰山的別名，因居五嶽之首，故尊為「岱宗」；「青未了」則顯示泰山占地面積之大，鬱鬱蔥蔥，延綿不絕。

頷聯寫所見泰山的神奇秀麗和巍峨高大形象。當詩人望見泰山，不禁感嘆大自然有如此景緻，把神奇和秀美都給了泰山。由於泰山雄偉挺拔、遮天蔽日，天色的一「昏」一「曉」被

「割」於山的陰、陽兩面，南、北兩側。

　　頸聯寫望見山中雲氣層出不窮，蕩漾漂浮不定。「決眥」二字形象地展現了詩人在這神奇景觀面前的真切感受，使勁地睜大眼睛張望，甚至感到眼眶有似決裂。「歸鳥」二字可知已是日暮時分，詩人還在讚嘆泰山之雄偉，不忍歸去。

　　尾聯寫因望嶽而生將來登臨峰頂之意願。「望嶽」二字說明詩人此時遊歷泰山只是遠望，沒有登頂。「會當凌絕頂，一覽眾山小」表達了詩人不怕困難，勇於攀登之雄心，顯示出他堅忍不拔的性格和志向遠大的抱負，蘊藏著詩人對祖國河山的熱愛、讚美之情，千百年來為人們傳誦。

📖 **拓展**

　　杜甫分別在青年、中年、老年寫過三首《望嶽》。第一首詠泰山，透過描繪泰山雄偉磅礡的景象，表達對祖國山河的熱愛之情；第二首詠_____，流露出官場失意之情；第三首詠_____，流露出詩人愛國忠君之情。

　　A. 嵩山華山　　B. 華山衡山　　C. 華山恆山　　D. 恆山衡山

══ 十七 ══

小兒垂釣

[唐]胡令能

蓬頭①稚子②學垂綸③，側坐莓苔④草映⑤身。

路人借問遙招手，怕得魚驚不應⑥人。

📖 注釋

①蓬頭：此處形容小孩可愛的樣子。②稚子：小孩子。③垂綸：垂釣，釣魚。④莓苔：野草及苔蘚類的植物。⑤映：遮映。⑥應（一ㄥˋ）：回應，答應。

📖 譯文

一個頭髮蓬亂的小孩子學垂釣，側坐在青苔邊用草叢遮映身體。

路人向他問路時他遠遠地擺手，不敢應答是因為擔心魚會受驚。

📖 賞析

在唐詩中，寫兒童題材的比較少，因而此詩更顯得珍貴。此詩分垂釣和問路兩層，語言淺顯而構思精巧、活靈活現、唯妙唯肖，生活情趣很濃。

　　前兩句寫小孩垂釣。「蓬頭」寫其外貌，突出了小孩子頑皮的天性，「稚子」指年齡小的孩子，突出孩童時期的天真可愛，「垂綸」是目的，即題目中的「垂釣」，「學」是詩眼，因為是初學釣魚，所以一定會特別小心，特別在意。首句不加掩飾，直接點題，使人覺得自然可愛與真實可信。第二句「側坐」表明不是安坐、正坐、穩坐，可見「稚子」專心於「垂綸」，不拘泥於坐姿，甚至時不時調整姿勢，變換坐姿。「莓苔」泛指在陰溼地方貼著地面生長的低等植物，從「莓苔」可以知道小孩選擇釣魚的地方是在人跡罕至的地方，「草映身」更加貼切表達小孩釣魚小心翼翼的狀態。

　　後兩句重在傳神。「遙招手」的主語還是小兒，「路人」問什麼？怎麼問？問幾遍？都不是詩中主題，故而詩人將其全部忽略掉，直接引出小孩「遙招手」，表示從距離較遠之處就招手示意，不能發出聲音回答，這是從動作和心理方面來刻劃孩子的機警聰明。結尾也沒有兩人的對話，反而用「怕得魚驚不應人」這句小孩的心理活動來代替，既顯出小孩垂釣時的專心致志，小心翼翼，又說明小孩對路人的問話是淡然處之的。

　　全詩寥寥數語便描繪出一幅童趣盎然的圖畫，是一篇情景交融、形神兼備的描寫兒童生活的佳作。

📖 拓展

　　胡令能是唐代唯一出身為手工匠的著名詩人，他信奉道教，隱於民間，又不失高雅志趣和生活情趣。當時，有一位韓

少府，（少府在唐朝代指＿＿＿＿）早聞胡令能的才名，特意來訪，胡令能曾作《喜韓少府見訪》來敘述此事，詩中有云：「忽聞梅福來相訪，笑著荷衣出草堂。兒童不慣見車馬，走入蘆花深處藏。」

　　A. 縣丞　　B. 縣尉　　C. 縣令　　D. 主簿

═══ 十八 ═══

詠華山①

[北宋] 寇準

只有天在上，更無山與齊②。
舉頭紅日近，回首白雲低。

📖 **注釋** ....

　　①華山：古稱「西嶽」，雅稱「太華山」，在陝西省東部，北臨渭河平原。南峰海拔兩萬一千五百四十九公尺，是華山最高主峰，也是五嶽最高峰。②與齊：指和華山一樣高。

📖 **譯文** ....

　　峰頂之上只有青天，遠近群山沒誰與之比肩。
　　抬頭望日已經很近，低頭俯瞰白雲都在腳下。

📖 賞析

　　寇準出身名門望族，其遠祖曾在西周武王時任司寇，因屢建大功，賜以官職為姓。其父親在五代後晉時曾考中狀元。寇準自小聰慧過人、氣魄過人、才思敏捷、出口成章。七歲時其父宴請賓客，飲酒正酣，客人請小寇準以附近的華山為題，故作此《詠華山》。

　　全詩短小精湛，語言簡潔通俗，七歲的寇準，是否已經有過華山登頂的經驗，不得而知，詩中卻能恰如其分地描寫出華山的高峻與不凡氣勢，領略到人在頂峰，群山和白雲都在腳下，頂天立地，氣象萬千的景象。

　　「只有天在上，更無山與齊」與杜甫的「會當凌絕頂，一覽眾山小」和林則徐的「海到無邊天作岸，山登絕頂我為峰」有異曲同工之妙。華山直入雲霄，舉目望去，平視之中，再無其他山峰能夠與之比肩，山峰之上，只有青天，再無它物。以華山為基準點，表現天宇、群山與華山的關係，突出華山高聳峭拔之態。

　　「舉頭紅日近，回首白雲低」兩句，繼續描寫在華山之上舉頭便是太陽，雲海都在下方。但參照物不是華山了，而是以登上華山的人為中心，「舉頭」、「回首」是人的兩個動作，兩個視角，眼中所見景象，色彩明麗，氣勢非凡。當你站在高高山頂的時候，抬起頭來仰望蒼穹，紅日彷彿就在你的頭頂上，低頭俯瞰腳下，蒸騰的雲霧正在半山腰繚繞瀰漫。

全詩對仗工整、嚴謹、精準、巧妙。無論是對仗修辭手法的運用，還是遣詞鍊字的功力，都說明了少年寇準的內心追求與華山氣勢不謀而合。

📖 **拓展** ··

春秋戰國時期就有「華山」之名，中華之「華」源於華山，由此，華山有了「華夏之根」之稱。華山主峰海拔兩萬一千五百四十九公尺，是五嶽最高峰。華山以＿＿＿著稱，與東嶽泰山、南嶽衡山、北嶽恆山、中嶽嵩山並稱「五嶽」，都位於黃河岸邊，成為中華民族文明的搖籃。

A. 險　B. 峻　C. 雄　D. 幽

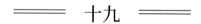

十九

畫眉鳥

〔北宋〕歐陽修

百囀①千聲隨意移，山花紅紫樹高低②。
始知③鎖向金籠④聽，不及⑤林間自在啼。

注釋

①百囀：指鳥富於變化地婉轉地啼叫。②樹高低：指樹林中的高處和低處。③始知：現在才知道。④金籠：金子做的鳥籠，喻指條件優越的居所。⑤不及：比不上。

譯文

畫眉鳥在鮮花和樹林間飛來飛去，隨著自己的心意盡情地歡唱著。

現在才知道鎖在籠子裡的鳥叫聲，遠遠不及在林間時的自在啼鳴。

賞析

畫眉鳥是一種特別聰慧的鳥，也是一種非常獨立的鳥，在野外生存的本領很強，在野外生活時，無論是選擇鳥窩、食物、水源還是配偶都十分講究。但畫眉鳥被鳥的主人們接回家以後，如果主人照料不周，很容易讓畫眉鳥體質、品性變差，鳥鳴聲自然也就發生了變化。慶曆新政失敗後，范仲淹等人被貶出京，歐陽修也隨之失勢，自此無心朝政，晚年曾經多次提出辭官，但均未獲得允許。此詩表達出詩人不願久居廟堂，期望歸隱山林的願望，也流露出一絲政治上失意的憂鬱心情。

前兩句寫景。林中的畫眉鳥自由飛翔，無拘無束，翩翩起

舞，聲音清脆，令人賞心悅目。詩人由物及人，深有感觸，於是寄情於鳥，借物抒情。「隨意移」點出畫眉鳥自由地飛翔於花樹之間，其鳴叫聲亦隨著移動而有遠近高低的變化。「樹高低」展示畫眉鳥在大自然中的自由自在，無拘無束，自然環境才符合畫眉鳥的生活習性。

後兩句抒情。以前看到那些關在籠子裡的鳥兒，聽到籠子中的鳥聲，和現在看到的、聽到的完全不一樣。「始知」指對以前的事物已經習以為常了，到現在才知道。「金籠」與「林間」相對應，形成強烈的反差，再好的「金籠」都是以失去自由為代價的。「不及」說明「鎖向金籠聽」畫眉鳥的鳴叫聲，遠不如「林間自在啼」的歌聲優美，其原因在於牠受到了禁錮，失去了自由。令讀者讀罷，不由得感慨：鳥是這樣，人不也是這樣嗎？

📖 拓展

_____的故事與歐陽修有關，歐陽修是北宋政治家、文學家，歷經仁宗、英宗、神宗三朝，官至翰林學士、樞密副使、參知政事。歐陽修在中國文學史上有重要的地位，他大力倡導詩文革新運動，改革了唐末到宋初的形式主義文風和詩風，取得了顯著成績。由於他在政治上的地位和散文創作上的巨大成就，他在宋代的地位類似於唐代的韓愈。

A. 畫荻教子　B. 圓木警枕　C. 鑿壁偷光　D. 映雪囊螢

夏至

四時田園雜興（夏日其一）

［南宋］范成大

梅子①金黃杏子肥，麥花②雪白菜花③稀。

日長④籬落⑤無人過，唯有⑥蜻蜓蛺蝶 飛。

📖 注釋

①梅子：指梅樹的果實。②麥花：指麥類的花。③菜花：指油菜所開的黃色花。④日長：夏天的白天長了。⑤籬落：籬笆。⑥唯有：僅有，只有。「唯」通「唯」。⑦蛺（ㄐㄧㄚˊ）蝶：一種蝴蝶，翅膀呈赤黃色，有黑色紋飾，幼蟲身上多刺，危害農作物。

📖 譯文

梅子變得金黃，杏子也長大了，麥子花一片雪白，油菜花還有些稀疏。

白天越來越長，籬笆沒人經過，只有蛺蝶和蜻蜓，繞著籬笆飛來飛去。

📖 賞析

范成大的《四時田園雜興》被視為田園詩的典範。這首詩寫夏日江南的田園景色，開篇直接以景色入手，然後層層遞進，

把鄉村裡的風光以非常自然的表現手法，描繪得活靈活現，最後再用蜻蜓和蛺蝶飛來飛去的動態，襯托午時田園的寧靜時光。

前兩句是江南夏日時節色彩斑斕的景色。這兩句詩近乎白描，但卻抓住了鄉村景觀的重點，故而寫得非常形象。「梅子黃」、「杏子肥」、「麥花白」、「菜花稀」讀起來朗朗上口，彷彿農家田園歌謠一般，寫出了夏季江南農村最引人注目的四大顏色，大地彷彿鋪上五顏六色的錦緞，有花有果，有色有形，有高有矮，錯落有致，把田園景緻描寫得色彩斑斕、栩栩如生。

第三句的「日長」二字說明夏日白天時間已經很長，勞作的時間也在延長。以人們院前籬笆靜寂的「無人過」來表現農人農事正忙，早出晚歸，村中白天很少見到行人，從側面反映農民勞動的情況。前三句非常沉寂，直到最後一句詩人選取了這「唯有蜻蜓蛺蝶飛」一處小場景，作用是以動襯靜，以只有「蜻蜓」和「蛺蝶」飛來飛去的動態，襯托午時田園的寧靜之美，並借之展現田園生活的溫馨與祥和，宛如一幅唯美的鄉村山水畫。

全詩語言清新流暢，意境活潑自然，把鄉村的景色，描寫得極為貼切，也非常亮麗。全詩沒有寫農事，沒有寫勞動，甚至沒有寫農人，然而，透過字裡行間，讓我們彷彿看到農村的真實面貌和人們的繁忙情景。

📖 拓展

范成大與楊萬里、陸游、尤袤合稱南宋「_____」。范成大的田園詩不是單純地美化田園生活，而是對農民的辛苦、希望、苦難和歡樂有真正了解，並深深地同情，他能從多方面反映農村的生活面貌，詩情真實自然。

A. 江西詩派　B. 江湖詩派　C. 中興四大詩人　D. 蘇州四大詩人

═══ 廿一 ═══

四時田園雜興（夏日其七）

[南宋] 范成大

晝出耘田①夜績麻②，村莊兒女③各當家④。

童孫未解供⑤耕織，也傍⑥桑陰學種瓜。

📖 注釋

①耘田：田間鋤草。②績麻：把麻搓成線繩。③兒女：男人和女人。④各當家：指每人都負有專責，獨當一面。⑤供（ㄍㄨㄥˋ）：從事，參與，擔任。⑥傍：靠近。

📖 譯文

大人們白天鋤田夜晚搓麻繩,村莊裡男人女人各自獨當一面。

孩子們還不懂種田織布之事,也學大人模樣在桑樹底下種瓜。

📖 賞析

「雜興」意為有感而作,隨事而詠的詩,這首詩描寫農村夏日生活中的一個場景。詩人用清新的筆調,對農村緊張的勞動氣氛,做了較為細膩的描寫,讀來意趣橫生。

首句「晝出耘田夜績麻」是說白天下田去除草,晚上在家搓麻繩或麻線,寫出農村人的真實生活。在鄉村中,無論男女一年四季勞動都比較緊張,每一個勞動力都必須承擔家裡的一份固定的勞動,這是辛苦的,不自在的,時間長了,成為一種十分牢固的束縛。夏日稻田裡秧苗需求除草,這是男人們一天要幹的活,「績麻」是指婦女們在白天幹完家中其他活後,晚上還要搓麻繩,從側面襯託了這種生活的辛苦。次句「村莊兒女各當家」是對首句的進一步說明,「兒女」即男女,也泛指年輕人,「當家」指男女都不得閒,各司其職,各管一行。

後兩句寫出家裡的小孩子們還不能理解父母兄長們的辛苦,把勞動當作一種遊戲,在他們尚未懂得「供耕織」的年齡,

就學大人們在桑樹底下「種瓜」了。「桑陰」、「種瓜」都是鄉村典型景物，也是農村中常見的現象，頗有特色。詩中「童孫」不是田園勞作的陪襯，反而是刻劃生產勞動的深入。「童孫」從小耳濡目染，喜愛勞動，讓讀者感受到不能參加勞動的小孩子們尚且這樣，那麼，正在擔當勞動重擔的成年人又是怎樣忙著生產呢？字裡行間讚頌了農民勤勞的優秀品行。

📖 拓展

《四時田園雜興》組詩是南宋詩人范成大退居家鄉後寫的一組大型田園詩歌，分春日、晚春、夏日、秋日、冬日五個部分，共＿＿＿＿首。詩歌描寫了農村春、夏、秋、冬四個季節的田園景色和農民的真實生活，同時也反映了農民遭受的剝削以及生活的困苦。

A. 十　B. 二十　C. 三十　D. 六十

═══ 廿二 ═══

閒居初夏午睡起（其一）

［南宋］楊萬里

梅子留酸軟齒牙①，芭蕉分②綠與③窗紗④。
日長睡起無情思⑤，閒看兒童捉柳花⑥。

注釋

①軟齒牙：指梅子的酸味滲透牙齒，形容酸味還駐足於牙齒中。一作「溌齒牙」。②分：分給，分配。③與：給予，贈予。一作「上」。④窗紗：窗上的紗，用於門窗、走廊上來防止小昆蟲打擾。⑤情思：情緒。⑥柳花：柳絮。

譯文

梅子的酸澀還殘留在牙齒之間，芭蕉的翠綠映襯在紗窗上。

夏日白天漸長午睡後沒精打采，閒看兒童捕捉空中的柳絮。

賞析

《閒居初夏午睡起》是楊萬里的組詩作品，都是寫詩人閒適、慵倦的情緒，抒發了詩人對鄉村生活的喜愛之情。此為第一首，寫詩人午睡初起，沒精打采的樣子，當看到追逐柳絮的兒童時，便自然地沉浸其中了。

前兩句「梅子留酸」和「芭蕉分綠」點明初夏季節。「梅子」喜歡溫暖的氣候條件，盛產於南方，果實可食，或鹽漬或乾製，或燻製成烏梅入藥，還可在芒種後採摘黃熟的梅子直接食用，故詩人吃了「梅子」後「軟齒牙」（一作「溌齒牙」，「溌」更加形象）。讀者閱之，彷彿自己也有口中生津的感覺。「芭蕉」在中國秦嶺淮河以南可以露地栽培，或植於庭前屋後，或植於窗

前院落，在院中掩映成趣，「芭蕉分綠」更加彰顯芭蕉清雅秀麗的姿態。芭蕉葉大，綠意濃濃，「分綠與窗紗」是用擬人的手法表現綠意濃厚，情趣盎然。

後兩句表露閒居鄉村，午後睡起，百無聊賴之意。「日長睡起無情思」可見詩人閒居在家，生活安逸、閒適，心情舒暢，一幅沒精打采的樣子。「閒看兒童捉柳花」把百無聊賴的情緒進行轉移，畫面中活潑好動的「兒童」為夏日午後增添樂趣。「柳花」表明尚未到炎夏，天氣特別舒適，當詩人看到追捉柳絮的兒童時，童心復萌，尤其是一個「閒」字，不僅淋漓盡致地把詩人心中那份恬靜閒適和對鄉村生活的喜愛之情表現出來，而且非常巧妙地呼應了詩題的「閒居」二字。

📖 拓展

在今馬鞍山市含山縣梅山村，有個「望梅止渴」的典故。據＿＿＿記載，魏武帝曹操行軍途中，找不到水源，士兵都非常口渴，於是他傳令道：「前邊有一片梅子林，結了很多果子，梅子酸甜可以解渴。」士兵聽到後，嘴裡的口水都流出來了，曹操利用這個辦法促使部隊盡快趕到前方，找到了水源。

A.《世說新語》　B.《漢書》　C.《後漢書》　D.《資治通鑑》

═══ 廿三 ═══

小池

［南宋］楊萬里

泉眼無聲惜①細流，樹陰照水②愛晴柔③。

小荷才露尖尖角④，早有蜻蜓立上頭。

📖 注釋

①惜：愛惜，吝惜。②照水：映在水面。③晴柔：指晴天裡柔和的風光。④尖尖角：指還沒有展開的嫩荷葉尖端。

📖 譯文

泉眼無聲特別吝惜流出的泉水，樹蔭倒映在水面，和風輕柔惹人喜愛。

含苞待放的小荷剛露出尖尖角，早早地有隻蜻蜓，輕輕地立在荷尖上。

📖 賞析

詩人用清新活潑的筆調，平易通俗的語言，描繪在夏日荷塘所見的平凡景物。全詩清新自然，玲瓏剔透，生機盎然，形成情趣盎然的畫面。

全詩突顯一個「小」字，首句描寫一股涓涓細流從泉眼流

出，「無聲」是因為小之又小，細之又細，水勢尚且不足。一個「惜」字，化無情為有情，彷彿「泉眼」是因為愛惜泉水，捨不得泉水離開，才讓它無聲地、緩緩地、細細地流淌。

次句寫樹陰在晴朗柔和的風光裡，倒映在水面，搖曳多姿。一個「愛」字，仍然是化無情為有情，賦予綠樹情感，似乎是因為它喜歡這樣「晴柔」的風光，才以水為鏡，展現自己的綽約風姿。寥寥幾字，把池塘邊的「泉眼」、「樹陰」寫得相親相依，和諧一體，活潑自然，風趣詼諧。

後兩句把視線轉移到池中，視線的焦點開始縮小，單寫池中一株亭亭玉立的「小荷」以及荷上的「蜻蜓」。此時，荷花尚未開放，荷葉尚未舒展，池中只有單薄的「小荷」，再一次緊扣題目的「小」字。「小荷」剛把它含苞待放的嫩尖露出水面，雖然在整個池塘中顯得非常渺小，可在這尖尖嫩角上卻早有一隻蜻蜓立在上面，牠似乎要捷足先登，領略「晴柔」的風光。「小荷」與「蜻蜓」，一個「才露」，一個「早有」，詩人能以新奇的眼光看待身邊的一切事物，捕捉那稍縱即逝的景物。

詩人透過對小池中的「泉眼」、「樹陰」、「小荷」、「蜻蜓」的描寫，給我們描繪出一種具有無限生命力的樸素自然又充滿情趣的生活畫面。全詩的「小」字是精髓，顯露出勃勃生機。如果把「尖尖角」看作是新生事物或看作是初入社會的年輕人，而「蜻蜓」就寓意賞識牠們的角色。

📖 **拓展**

中國現代作家、文學研究家錢鍾書說：「_____善寫景，_____善寫生。前者如圖畫之工筆；後者則如攝影之快鏡，兔起鶻落，鳶飛魚躍，稍縱即逝而及其未逝，轉瞬即改而當其未改，眼明手捷，蹤矢躡風，此誠齋之所獨也。」

A. 陸游、楊萬里　B. 范成大、楊萬里　C. 韓愈、柳宗元 D. 徐璣、楊萬里

═══ 廿四 ═══

三衢道中①

[南宋] 曾幾

梅子黃時②日日晴，小溪泛盡③卻④山行。

綠陰不減⑤來時路，添得黃鸝四五聲。

📖 **注釋**

①三衢（ㄑㄩˊ）道中：在去往三衢州（今浙江省衢州市境內）的道路上。②梅子黃時：梅子成熟的季節。③泛盡：乘船走到盡頭。④卻：再，表示轉折。⑤不減：並沒有少多少，差不多。

📖 譯文

　　梅子黃的時候卻是晴朗的好天氣，乘小舟行至盡頭再走山路。

　　山路上綠蔭遮蔽與來的時候相近，還增添幾聲黃鸝的歡鳴聲。

📖 賞析

　　詩人將一次平常的行程寫得錯落有致，平中見奇，不僅寫出了夏日寧靜的景色，而且詩人的愉悅心情也躍然紙上，讓人領略到詩人在去往三衢州路上的歡悅意趣。

　　全詩寫詩人行於三衢道中的見聞感受，語言平實近於口語，詩句活潑近於民歌。首句先點明季節天氣特徵，五月的江南，正是景色爛漫、梅子初黃的季節，所以詩人才會有三衢道中之遊。「梅子黃時日日晴」非常難得，一方面強調今年黃梅季節天氣的特殊性，另一方面則以天氣的晴好為下文寫旅途景緻做鋪陳。次句寫泛舟而上、捨舟登岸的過程。詩人乘舟而行，「小溪泛盡」而興致不盡，於是捨舟登岸，山路步行，一個「卻」字就把詩人由水路轉陸路時的新鮮喜悅之情表現出來了，並為三衢道中小道的景緻做鋪陳。

　　後兩句描寫旅途中的新鮮感受。「綠陰」給「山行」的詩人心中增添幾分喜悅，因為「日日晴」必然驕陽當空，有了「綠陰」就涼爽得多，走起路來也輕鬆得多。「黃鸝四五聲」看似乎淡無奇，讀來卻耐人尋味。綠陰叢中時而傳來幾聲「黃鸝」的鳴叫，

卻是「來時路」上未曾聽到的,這「黃鸝」歡悅的鳴叫聲,讓人注意到歸途有黃鸝鳥助興,愈加襯托出詩人歡快的心情。詩人是一位旅遊愛好者,出行歸來而興致猶濃,這「不減」與「添得」的兩相對照,則為本來平常的景物增添了意趣。

全詩簡潔明快,自然天成,在結構上,透過對「日日晴」、「卻山行」、「綠陰」路、「黃鸝」鳴的四層描寫,寫出這次行程中遇到的四次欣喜,觸感而發,不用刻意雕飾,平中見奇,極富生活韻味。

📖 **拓展** ··

曾幾(ㄐㄧ)是北宋末南宋初期傑出的愛國主義詩人,他學識淵博,勤於政事,詩文充滿憂民愛民的民本思想,創造了自己獨特的風格。他的學生_____為他作《墓誌銘》,稱他「治經學道之餘,發於文章,雅正純粹,而詩尤工。」

A. 楊萬里　B. 陸游　C. 范成大　D. 辛棄疾

═══ 廿五 ═══

約客

[南宋] 趙師秀

黃梅時節①家家雨②,青草池塘處處蛙③。
有約④不來過夜半,閒敲棋子落燈花⑤。

📖 注釋

①黃梅時節：江南梅子黃熟時期，大都是陰雨連綿的時候，所以用「黃梅時節」來稱江南雨季。②家家雨：形容雨水較多，家家戶戶到處都有。③處處蛙：到處是蛙聲。④有約：已經邀約的友人。⑤落燈花：油燈燈芯燒殘，落下來時閃亮的火花。

📖 譯文

梅雨時節江南都籠罩在煙雨之中，長滿青草的池塘裡傳來陣陣蛙聲。

已經約好的客人過了半夜還沒來，孤閒地敲著棋子竟然震落了燈花。

📖 賞析

該詩描寫詩人在一個梅雨連綿的夜晚，獨自期盼客人到來的情景，表達了詩人內心複雜的思想感情，是一首情景交融、清新雋永、耐人尋味的精妙小詩。

開篇採用寫景寄情的手法，首先點明時令，「黃梅時節」也就是梅子黃熟的江南雨季。接著用「家家雨」三個字寫出了「黃梅時節」的特別之處，描繪了一幅煙雨濛濛的江南詩畫，家家戶戶都籠罩在細雨之中。此時陰雨連綿，池塘水漲，蛙聲不斷，正是這處處蛙聲，進一步烘托出當時詩人身處環境的清靜。江

南風景有聲有色，鄉村之景清新恬靜，和諧美妙。不過，這蛙聲也擾亂了詩人的心境，試想這江南細雨淅淅瀝瀝，下個不停的雨水也可能阻斷了友人應約之路吧！

「有約不來過夜半」點明詩人內心情感複雜的原因，也使得上面兩句景物和聲響的描繪有了著落。詩人與友人原先有約，但不知是有事耽擱，還是雨天受阻，半夜了還不見友人來。「過夜半」是描述時間的推移，一方面說明等待時間之久，已經到了半夜；另一方面也刻劃了主人焦急的心理狀態。「閒敲棋子落燈花」則更有韻味，屋外蛙聲聒噪，屋內清冷寂靜，本能與友人對飲一席或對弈一局，現在只能用棋子有節奏地敲打。敲棋子竟能震落下「燈花」，足見詩人等人時那種焦躁不安、期盼難耐的心理狀態，他心中那份悵惘透過這一細節描寫而十分傳神。

📖 拓展

趙師秀，號「靈秀」，其太祖是_____，因仕途不佳，晚年宦遊，與徐照（字靈暉）、徐璣（字靈淵）、翁卷（字靈舒）並稱「永嘉四靈」。在南宋後期，一些沒能入仕的遊士流轉江湖，以獻詩文為生，成為江湖謁客，他們明確地把人生遭遇與境況最為接近的賈島、姚合為楷模，詩詞作品中講究雕琢推敲，錘鍊字句，多閒逸寫景之作，表現一種自然淡泊的高逸情懷。

A. 宋太祖趙匡胤　B. 詩人趙嘏　C. 金石家趙明誠　D. 宰相趙普

廿六

題臨安邸①

[南宋] 林升

山外青山樓外樓，西湖歌舞幾時休②？
暖風燻③得遊人醉，直④把杭州作汴州⑤。

📖 注釋

①邸（ㄉㄧˇ）：舊指旅店。②幾時休：什麼時候停止。③燻（ㄒㄩㄣ）：煙火向上冒，此處指吹拂，侵襲。④直：簡直。⑤汴州：汴京，北宋都城，今河南省開封市。

📖 譯文

青山層巒疊嶂高樓鱗次櫛比，西湖邊的歌舞何時休止？
暖風和煦吹得遊人如痴如醉，簡直把杭州當作了汴州。

📖 賞析

金人攻陷北宋首都汴京後，宋朝統治者逃亡到南方。趙構說臨安只是臨時都城，以待謀求收復大宋失地，只是到後來選擇偏安一隅了。林升這首寫在臨安城一家旅店牆壁上的詩，諷刺了南宋朝廷完全忘記了失去的國土和曾經的恥辱，只顧吃喝玩樂的這種行為。

　　首句描寫重重疊疊的青山把西湖擁在懷裡，鱗次櫛比的樓臺一座接著一座，不計其數，蔚為壯觀。當時大好山河，已被金人占有，南宋君臣卻在杭州大興土木，兩個「山」，兩個「外」，兩個「樓」的覆疊使用，表達西湖岸邊競相建造皇宮禁苑和達官府邸，臨安已成南宋小朝廷的安樂窩。次句「西湖歌舞幾時休？」是詩人面對現實處境痛心疾首的一問。南宋朝廷只求苟且偏安，一味縱情聲色、尋歡作樂，一個「休」字，充分展現詩人痛心疾首之感。

　　後兩句「暖風燻得遊人醉，直把杭州作汴州」表現出詩人對國家命運的擔憂和對統治者的悲憤之情。雖然住在旅店的詩人是「遊人」，但這裡的「遊人」特指那些忘了國難、苟且偷安、尋歡作樂的南宋統治階級。其中「暖風」一語雙關，既指自然界的春風，又指社會上淫靡之風。詩中「燻」字用得極為恰當，《說文解字》中說：「『熏』，俗字作『燻』」，本義是下面烤，火煙上出。「燻得遊人醉」把那些縱情聲色的，曾言臨時建都安頓的「遊人」們之精神狀態刻劃得唯妙唯肖。「醉」是陶醉其中，主人、客人、遊人、行人都如痴如醉，給讀者留下了豐富的想像空間。自然引出詩人對統治者苟且偏安、花天酒地、不顧民生、卑劣無恥行徑的鞭撻。

📖 拓展

　　「汴州」即今河南省開封市，具有「文物遺存豐富、城市格局悠久、古城風貌濃郁、北方水城獨特」四大特色，是世界上

唯一一座城市中軸線從未變動的「城摞城」都城，素有_____之
稱，孕育了影響深遠的「宋文化」。

 A. 六朝古都 B. 八朝古都 C. 九朝古都 D. 十三朝古都

━━━ 廿七 ━━━

觀書有感（其一）

〔南宋〕朱熹

  半畝方塘^①一鑑^②開，天光雲影共徘徊^③。

  問渠^④那^⑤得清如許^⑥？為 有源頭活水來。

📖 注釋

  ①方塘：又稱半畝塘，在今福建省三明市尤溪縣城南。②
鑑：鏡子。③徘徊：來回走動，來回移動。④渠：他，第三人
稱代詞。此處指方塘。⑤那：同「哪」，怎麼。⑥如許：如此，
這樣。⑦為：因為。

📖 譯文

  半畝大的方塘像鏡子一樣展開，空中的光彩和雲影在鏡中
徘徊。

  要問方塘的水為什麼這樣清澈？因為有源頭為它不斷輸送
活水。

📖 **賞析** ···

　　朱熹在「武夷堂」講學期間，有感而作兩首哲理詩，從題目上看，這兩首詩都是談「觀書」體會到的哲理。第一首詩講述時時補充新知，方能有精神上的清新，達到活潑自在的境界；第二首詩「昨夜江邊春水生，艨艟鉅艦一毛輕。向來枉費推移力，此日中流自在行。」以春潮泛舟為例，比喻創作需求靈感。此為第一首。

　　正是因為朱熹先是理學家、思想家、哲學家、教育家，後是詩人，其特殊的身分才讓其詩中散發著一種深邃的思想光芒。對詩中的體會也會仁者見仁智者見智。第一層是寫實景。半畝的「方塘」不算大，但它像一面鏡子那樣的澄澈明淨，「天光雲影」都被開啟的「鑑」反射出來了，「鑑」是鏡子，古時銅鏡用鏡袱遮蓋，用時開啟。「徘徊」是來回走動，來回移動的意思，靜中有動。「問渠」的「渠」是一個代詞，即指代「方塘」，塘水何以這樣清？單看「方塘」是找不到答案的，於是，詩人放開眼界，尋找「源頭」，是有「活水」在不斷輸入，所以它永不枯竭，永不汙濁。

　　第二層是喻讀書。在中國南方的村落，這樣的池塘隨處可見，詩人村中講學，觀書寫詩，將眼前的「半畝方塘」比作長方形的書，「一鑑開」形容極其清澈。「天光」、「雲影」都是美好景緻，喻書中的內涵豐富，靈氣流動。後兩句則表達人們在讀書後，時常有一種歡快淋漓、豁然開朗的感覺。所謂「源頭活水」

當指從書中不斷汲取新的知識。

　　第三層是詠哲理。「方塘」最大的特點是清澈，在理學的思想體系中，聖人之心如明鏡止水，物來不亂，物去不留。詩人內心世界的清晰明朗，便猶如明鏡一般。鏡子雖小，卻能照進整個天地萬物、江湖永珍，任憑「天光雲影」在其中「共徘徊」。後兩句一問一答，自問自答，引申人們要達到清明澄澈的君子品格，以及充滿仁愛，旺盛不息的傳統文化能夠給人們提供精神上的滋養。

📖 拓展

　　成語_____，比喻知識是不斷更新和發展的，只有在學習中不斷地學習、運用和探索，才能使自己永保先進和活力，就像水有源頭一樣。

　　A. 天光雲影　　B. 源頭活水　　C. 水到渠成　　D. 水清如許

═══ 廿八 ═══

清平樂·村居

[南宋] 辛棄疾

　　茅簷低小，溪上青青草。醉裡吳音①相媚好②，白髮誰家翁媼③？

大兒鋤豆④溪東，中兒正織雞籠。最喜小兒亡賴⑤，溪頭臥剝蓮蓬。

📖 注釋

①吳音：吳語。辛棄疾當時住在信州（今江西省上饒市），這一帶的方言為吳語。②相媚好：相互愛悅，此處指相互逗趣，取樂。③翁媼（ㄠˇ）：老翁、老婦。④鋤豆：此處指鋤草。⑤亡（ㄨˊ）賴：此處指頑皮、狡猾，並無貶義。「亡」同「無」。

📖 譯文

茅舍屋簷低矮，小溪潺潺，溪水岸邊長滿茵茵綠草。

聽起來有幾分醉意的吳音，這白髮的老人是誰家的？

大兒子在溪東豆田裡鋤草，二兒子正在家編織雞籠。

最可愛的那個頑皮小兒子，躺在溪邊手裡剝著蓮蓬。

📖 賞析

上闋的頭兩句，寫這個五口之家，有一所矮小的茅草房屋，不遠處有一條流水潺潺的溪流，溪上綠草茵茵，勾勒出眼前一幅清新明媚、景色秀麗的圖景。「醉裡吳音相媚好」的「吳音」表明《村居》並非寫詞人自己的農村生活，而是寫他在旅途中所見到的農家村居景況。吳音也稱江南話、江東話、吳越語，在春秋時期地處吳國，所以把這個地方的話叫做「吳音」，

信州屬南部吳語上麗片，這種聲音軟媚，聽起來又溫柔又美好，感覺增加了幾分親暱。「媚好」是宋人詩詞中常用的語詞，即「喜悅、喜愛」的意思，也有一說是兩個老人飲酒微醉地對著話。接著描寫了一對滿頭白髮的「翁媼」，將那種和諧、溫暖、愜意的老年夫妻的幸福生活形象地展現出來。

下闋四句，直接採用白描手法，展示出三個兒子的不同形象。與漢樂府《相逢行》中「大婦織綺羅，中婦織流黃，小婦無所為，挾瑟上高堂」的方式類似，隨著畫中人物逐步展開，一幅村居的生活圖景便映入眼簾。大兒子是家中的主要勞動力，二兒子心靈手巧，在家裡編織雞籠，三兒子年齡尚小，還做不了家事，只知任意地調皮玩耍，看他在溪邊「臥剝」（《唐宋詞選釋》一作「看剝」）蓮蓬吃的神態，小兒天真、活潑、頑皮的形象躍然紙上。至此，村居的畫面已經豐富，有茅舍、小溪、青草、豆地、藕塘……詩情畫意，相映生輝。

📖 **拓展**

辛棄疾是南宋愛國詞人，是詩人中能夠領兵打仗的將軍，是將軍中能夠賦詩填詞的文人。四十二歲時，他遭受投降派的打擊，被貶到遠離戰火的江西農村，一住就是十八年，辛棄疾閒居_____期間，自號「稼軒居士」，往來出遊，寫過許多描寫農村生活的詞，《清平樂·村居》便是其中的一首。

A. 帶湖莊園　B. 稼軒莊園　C. 新餘莊園　D. 鵝湖莊園

廿九

南安軍

[南宋] 文天祥

梅花南北路①，風雨溼征衣。
出嶺同誰出？歸鄉如此歸②！
山河千古在，城郭③一時非。
餓死真吾志，夢中行採薇④。

📖 注釋

①梅花南北路：大庾嶺為南嶺中的「五嶺」之一，大庾嶺上多植梅花，故名梅嶺，南為今廣東省南雄市，北為今江西省贛州市大餘縣。②此歸：一作「不歸」。③城郭：城邑。④採薇：《史記·伯夷列傳》載，武王滅商後，「伯夷、叔齊恥之，義不食周粟，隱於首陽山，採薇而食之」。

📖 譯文

由南往北走過梅花嶺路，淒風苦雨打溼征程衣衫。
過大庾嶺時誰與我同路？回到家鄉卻是如此而回！
祖國山河永在千古不變，大宋城邑只是一時失陷。
絕食而死是我為國盡忠，夢裡在山中採薇而食之。

📖 賞析

　　西元一二七八年，文天祥在五坡嶺（今廣東省汕尾市海豐縣北）兵敗被俘北行，五月經南安軍（治所在今江西省贛州市大餘縣）時寫下此詩。

　　首聯點明地點和景色。文天祥被俘北行至南安軍，跨越了大庾嶺的「南北路」，詩中借「梅花」指梅嶺，「風雨」既是被俘後征程的寫照，也顯示了詩人沉重的心情，「溼」字用得很準確，給人一種陰冷淒涼的感覺。

　　頷聯展現北行的悲苦。「出嶺同誰出」這一問話顯得特別沉痛。如今身戴鐐銬，鋃鐺歸來，不能自由，雖經故鄉而猶如不歸。兩個「出」字和兩個「歸」字的重複對照，道出文天祥被俘北歸時困苦不已的心情。

　　頸聯抒寫了對國家變故的悲憤。「山河千古在」是化用杜甫《春望》「國破山河在」一句，意指「山河」是永存的，元朝統治者只能是短暫地占領，「城郭」是大宋的，短暫的變故後仍然會光復。

　　尾聯中明白己堅貞不屈的態度。「餓死」是為國盡忠的氣節，文天祥被俘後，吞食龍腦，沒有死，在路上開始絕食，意欲死在家鄉，八天沒有吃飯，仍然沒死，在強迫下，只好開始進食。詩中結尾的「採薇」化用伯夷、叔齊在殷商被滅亡後隱於首陽山、採薇而食的事蹟，表明自己早已下定了必死的決心。

📖 **拓展** ···

　　忽必烈知道文天祥始終不屈，同宰相商議放了他，而以原南宋宰相名義投降元朝的＿＿＿＿＿，以釋放了文天祥會引發江南起兵為藉口，進言不能。文天祥臨刑時從容不迫，留下絕命詩：「孔曰成仁，孟曰取義，唯其義盡，所以仁至。讀聖賢書，所學何事？而今而後，庶幾無愧。」

　　A. 留夢炎　B. 王積翁　C. 張世傑　D. 王炎午

═══ 三十 ═══

舟夜書所見①

[清] 查慎行

月黑見漁燈②，孤光③一點螢④。

微微風簇⑤浪，散作滿河星。

📖 **注釋** ···

　　①舟夜書所見：夜晚在船上記下所見景象。②漁燈：漁船上的燈火。③孤光：孤零零的燈光。④螢：指燈光像螢火蟲一樣微弱。⑤簇：聚集，簇擁。

📖 **譯文** ··

　　黑夜裡看見船上燈火，孤零零的像螢火蟲一樣微弱。

　　微風吹起了簇擁波浪，燈光在水面散開像無數星星。

📖 **賞析** ··

　　查慎行的詩多以描摹自然風光和民俗風情為主，也有大量的山水田園詩作，表現出一種醉心山水田園的閒適恬淡之樂。此詩寫於詩人離開京城，途中夜泊大運河時所見的夜景。雖然此詩只有二十字，卻展現了詩人對自然景色細微的觀察力，傳神地描繪出一幅色彩斑斕、動靜結合的夜景圖。

　　前兩句寫黑夜舟中見漁燈，寥寥幾字，好像一幅速寫畫，在船上過夜時，詩人以詩文的形式畫出眼前所見到的景物。「月黑」、「漁燈」把暗色和亮色連繫在一起，畫面顯得形象鮮明。但前者是宏大的天地之間，後者是微小的漁船之內，所以在一片漆黑遼闊的底色上，河中的一盞漁燈特別引人注目。「孤光」像極了江岸邊的「一點螢」，表現出環境的寂寞、單調，寄寓著一定的感情色彩。

　　前兩句是靜態描寫，後兩句則為水中所見，是動態描寫，寫孤燈倒影的美麗瞬間。夜風習習，水波蕩漾，渲染出一種寧靜舒適的氣氛。「浪」是微風吹拂下水面湧起細細的波紋，向四處緩緩蕩漾散開，緊接著「散作滿河星」把「漁燈」水中倒影景

象逼真地反映出來，讓人有身臨其境之感。似乎看見詩人正沉思其中，流連其中，詩人能快速地捕捉到這轉瞬即逝的景物，給人一種身臨其境的畫面感。

📖 **拓展**

　　查慎行本名叫查嗣璉，生於＿＿＿＿。由於他到相國納蘭明珠家給納蘭性德的弟弟做家庭教師時牽涉到案子，離京後改名。查家對族人影響最大的是家中豐富的藏書，查慎行所建的「得樹樓」是藏書界的名樓，康熙皇帝曾親書賜予「敬業堂」匾額。查慎行的後代有陳獨秀、王稼祥、鄒韜奮三位革命家各自偉大的母親，有近現代人們熟知的武俠小說家金庸、詩人徐志摩、詩人穆旦等。

　　A. 江西婺源　B. 浙江慈溪　C. 浙江海寧　D. 福建寧德

六月

—— 初一 ——

漢樂府 · 江南

[漢]佚名

江南可①採蓮，蓮葉何②田田③，魚戲蓮葉間。

魚戲蓮葉東，魚戲蓮葉西，魚戲蓮葉南，魚戲蓮葉北。

📖 注釋

①可：適合，能夠。②何：多麼。③田田：形容荷葉鮮碧、茂盛、相連的樣子。

📖 譯文

江南又到採蓮的季節了，荷葉鮮碧相連，多麼茂盛啊，歡快的魚兒在蓮葉間盡情地嬉戲玩耍。

小魚悠游嬉戲，一會兒在蓮葉東邊，一會兒在蓮葉西邊，一會兒在蓮葉南邊，一會兒在蓮葉北邊。

📖 賞析

　　此為漢樂府民歌，算得上採蓮詩的鼻祖。詩中大量運用重複的句式和字詞，表現出古代民歌樸素明朗的風格。詩歌描繪了江南採蓮的熱鬧歡樂場面，從穿來穿去、欣然戲樂的游魚中，似乎也聽到了採蓮人的歡笑聲。

　　首句描寫江南採蓮時節一望無際的碧綠荷葉，沒有過度渲染，只從「蓮葉何田田」五個字中便能讓讀者補足整個「採蓮」的畫面。夏日明媚的陽光灑在湖中鬱鬱蔥蔥、層層疊疊的蓮葉上，「蓮葉」反射出的光線與湖水光線交相輝映，「蓮葉」在清風裡搖曳，風送荷香，採蓮女們划著小舟穿梭在蓮葉間，纖纖素手輕輕地摘下一個又一個蓮蓬，偶爾湊在鼻尖聞聞這帶著水氣的清香，採蓮女歡暢的情緒洋溢在字裡行間。前兩句將「江南」和「採蓮」這兩個此後歷代詩人魂牽夢繞、反覆吟詠的絕美意像永遠地繫在了一起，成為後世文人爭相引用的經典，也成為江南辭賦縈繞千載的悠悠餘音。

　　「魚戲蓮葉間」是採蓮女採蓮時發現蓮葉下魚兒在自由自在地、怡然歡快地戲耍，如聞其聲，如見其形，突顯江南水鄉生機勃勃，活力滿滿，一片生機盎然。接著連續四句鋪排，用「東」、「西」、「南」、「北」四個字既寫出了魚兒行蹤不定，活潑調皮的形態，也暗示出荷塘闊大、蓮葉繁茂的樣子。這幅江南圖景，勾勒出一幅明麗美妙的畫面，是江南安寧恬靜生活的縮

影，這便是最質樸的江南，令人神往。大道至簡，有力量的美往往沒有太多修飾。全詩簡短淺顯，通俗易懂，最後幾句只改變了末尾的一個字，循環往復，讀起來朗朗上口，韻感十足，讓純樸和簡單的美歷久彌新。

📖 拓展

　　漢樂府正式成立於_____時期，主要收集編纂各地民間音樂，整理改編與創作樂曲，進行演唱及演奏等。這些採集來的歌謠和其他經樂府配曲入樂的詩歌，即被後人稱為樂府詩，樂府詩體在文學史上有極高的地位，與《詩經》、《楚辭》可比肩而立。

　　A.漢高祖　B.漢武帝　C.漢文帝　D.漢景帝

══ 初二 ══

敕勒歌

[南北朝]佚名

敕勒①川②，陰山③下。
天似穹廬④，籠蓋四野⑤。
天蒼蒼⑥，野茫茫⑦，風吹草低見⑧牛羊。

📖 **注釋** ....

　　①敕勒：中國古代北方的少數民族之一。②川：平原，平地。③陰山：在今內蒙古自治區北部山脈。④穹廬：古代游牧民族居住的氈帳。⑤四野（一せˇ）：草原的四面八方。⑥蒼蒼：深青色。⑦茫茫：遼闊曠遠的樣子。⑧見（ㄐㄧㄢˋ）：同「現」，呈現，顯露。

📖 **譯文** ....

　　美麗的敕勒大草原，它位於陰山的腳下。

　　天穹像居住的帳篷，籠罩草原四面八方。

　　蒼茫天空一望無邊，茂盛草原遼闊曠遠。

　　輕風吹動草兒起伏，成群牛羊時隱時現。

📖 **賞析** ....

　　這是一首北朝民歌，據說原來是用鮮卑語歌唱，後又用漢字寫定，因此也可以說是一首早期的翻譯詩歌。這首民歌具有鮮明的游牧民族特色，勾勒出北國草原壯麗富饒的風光和其樂融融的景象，抒發敕勒人熱愛家鄉、熱愛生活的豪情。

　　「敕勒川，陰山下」點明敕勒族人生活的地區，在今內蒙古自治區陰山山脈，今河套平原至陰山山系中段南部的土默川一帶的草原上，有陰山阻隔嚴寒，夏季水草豐美，風景高遠遼闊。

「天似穹廬，籠蓋四野」極言「敕勒川」之壯闊。讓人感到在一望無垠的大草原上，滿眼青綠，無邊無際地延伸開去。草原上的游牧民族，逐水草而居，天地之間，凡可放牧的地方，都可以視為自己的家。人們把「天」看作居住的氈帳，只有那遼闊的天宇如同氈帳一般，從四面低垂下來，籠罩住敕勒人所居的無比寬廣的草原。

如此風光使人心胸開闊。「天蒼蒼，野茫茫，風吹草低見牛羊。」「天」承接「天似穹廬」，「野」承接「籠蓋四野」，蘊含著詠嘆抒情的情調。「蒼蒼」和「茫茫」極力突出天空之蒼闊、大地之遼遠。最後一句讓人聯想到陰山巍峨、草原遼闊、牛羊成群，是一幅浪漫祥和，令人心曠神怡的壯美畫卷。

📖 拓展

敕勒，隋唐以前的史書中稱為丁零、赤勒或敕勒，隋唐以後稱之為_____。西元五四六年，突厥統一敕勒諸部，建立突厥汗國，而後來突厥汗國攜帶大量大漠的游牧部落越過阿爾泰山西征中亞、東歐，於是敕勒人分布範圍達到東歐。

A. 白狄　B. 長狄　C. 鮮卑　D. 鐵勒

初三

憫農（其一）

[唐] 李紳

春種一粒粟①，秋收萬顆子②。

四海③無閒田④，農夫猶⑤餓死。

📖 **注釋**

①粟：起源於中國或東亞的古老作物，分布於中國南北各地。此處泛指穀類糧食。②子：指糧食的顆粒。③四海：指天下，全國。④閒田：閒置沒有耕種的田。⑤猶：仍然。

📖 **譯文**

春天播種下一粒種子，秋天能收穫很多糧食。

全國已沒有一塊荒田，農民卻仍然會被餓死。

📖 **賞析**

唐玄宗末年至唐代宗初年（西元七五五年至七六三年），經歷的「安史之亂」對唐王朝產生了嚴重的打擊，成為唐朝由盛而衰的重大轉捩點。這場內戰使得唐朝人口大量喪失，國力銳減，中央政權、地方割據勢力都變本加厲壓榨、掠奪農民，農民到了愈加困苦的境地。關心現實、關心民生、關心百姓生

活，成為中國詩歌史上一大變化。《憫農》這兩首小詩語言通俗、質樸，音節和諧明快，朗朗上口，容易背誦，得以長期在廣大人民群眾中吟詠、傳誦。

第一首詩的前兩句寫「春種」和「秋收」這兩個人們最熟悉的生活常識，將農民日出而作、日落而息的辛勤勞動用「春種」和「秋收」高度概括，把農民頂風冒雨、靠天吃飯的生活景象用「一粒粟」化為「萬顆子」來展現和讚美。省略掉整地、育苗、插秧、除草、除蟲、施肥、灌排水、收割、分離等過程，而且農作物從發芽、開花、完成結實的過程有一年一期，一年兩期，甚至一年三期不等，僅用「種」和「收」來代表和總結了農民的勞動過程。

第三句再推而廣之，展現出普天之下，四海之內，能耕種的土地都耕種了，能開墾的荒地都開墾了，荒地變良田。「四海無閒田」和前兩句連起來，便構成了到處碩果纍纍、遍地「黃金」的生動景象。經過層層遞進，第四句卻陡然轉折，「農夫猶餓死」將現實問題嚴肅地表達出來。勤勞的農民以他們的雙手獲得豐收，而他們自己還是兩手空空，慘遭餓死。「猶餓死」很有說服力，深刻地揭露了社會制度不公平的現實，表達了詩人對農民群體境況真摯的同情。

📖 拓展

唐代詩人_____因在京中受人排擠，被貶做蘇州刺史。此時，在當地任過司空的李紳邀請他飲酒，並招來歌伎在席上助

興。因這位蘇州刺史對李紳的做法看不慣，遂有詩云：「高髻雲鬟宮樣妝，春風一曲杜韋娘。司空見慣渾閒事，斷盡蘇州刺史腸。」表達了對李司空的譴責與勸誡，這即是成語「司空見慣」的來歷。

A. 韓愈　B. 賈島　C. 劉禹錫　D. 李賀

═══ 初四 ═══

憫農（其二）

[唐] 李紳

鋤禾①日當午，汗滴禾下土。
誰知盤中餐②，粒粒皆辛苦。

📖 注釋

①禾：穀類植物的統稱。②餐：此處指熟食。

📖 譯文

農民頂著烈日辛勤勞作，汗水滴落在禾苗下的土地上。
有誰知道盤子中的飯食，每一粒都飽含著農民的辛苦。

📖 賞析

這首小詩在百花齊放的唐代詩苑裡，同那些名篇相比，雖算不上精湛，但它卻流傳極廣，婦孺皆知，不斷地被人們所吟

誦、品味，其中有多種原因。首先，這首詩所寫的內容是人們最熟悉的事情；其次，詩中刻劃了底層勞動人民的勞作形象，讓每個人都能從詩中找到自己的影子；最後，詩中寓意的哲理簡單直白、醒目清楚、十分深刻，從而加深了人們的認識，獲得了流傳於世的生命力。

前兩句描繪農民辛勤勞作的場景。一開頭就是烈日炎炎的正午時分，農民依然在田裡勞作，「鋤禾」大約是在芒種之後，天氣已經轉熱，但尚未入暑，農田裡的禾苗已經長出，綠油油的一片，伴隨而來的是雜草也在這時瘋長。「鋤禾」是給禾苗鬆土去雜草，如果此時稍有倦怠，禾苗就會被雜草所掩蓋、吞噬。詩人透過「正午農耕」這個關鍵景象的描寫，尤其是把田裡農民勞作時那一滴滴的汗珠，灑在灼熱的土地上，直白淺顯，也非常貼切形象，傳遞出一種憫農的思想。

後兩句觸景生情，以近似白話的形式寓意深刻的格言。無論皇親國戚、達官貴人還是布衣百姓、善男信女，誰也離不開「盤中餐」，這「盤中餐」原是人們天天接觸、頓頓必食的，然而，並沒有誰想到把這「粒粒」糧食和農民在烈日之下的「汗滴」連繫在一起。詩人能敏銳地觀察到，碗中的每一粒飯都包含著農民的辛苦！享用著鮮美的穀物，聯想到「當午」的「汗滴」，更喚起讀者最深切的思想與情感的共鳴。全詩概括地表現了農民不畏炎熱，辛勤勞動的生活，凝聚著詩人對百姓真摯的同情和對農民深深的敬重。

📖 拓展

　　每一部偉大的作品都來源於生活的切身體驗。李紳六歲喪父，隨母遷居無錫，青年時目睹農民終日勞作而不得溫飽的現狀，能以同情的心情，寫出《憫農二首》，受到集賢殿校書郎呂溫的賞識，不久又受到韓愈的賞識。李紳還與元稹、白居易因同年考試而相識，三人均為＿＿＿＿的倡導者和參與者。他曾歷任淮南節度使、中書侍郎、右僕射、門下侍郎、司空等職，冊封趙國公。

　　A.新體詩運動　B.古文運動　C.山水田園詩派　D.新樂府運動

=== 小暑 ===

牧童

[唐]呂岩

　　草鋪①橫野②六七里，笛弄③晚風三四聲。
　　歸來飽飯④黃昏後，不脫蓑衣⑤臥月明。

📖 注釋

　　①鋪：鋪開。②橫野：遼闊的原野。③弄：玩弄。④飽飯：吃飽了飯。⑤蓑衣：用草編織成、用以遮雨的雨具。

📖 譯文

遼闊的原野上鋪滿了野草，晚風中傳來斷斷續續悠揚的笛聲。

牧童歸來吃飽飯已是黃昏，躺下看著明月沒脫蓑衣就休憩了。

📖 賞析

詩人刻劃了一個悠然自得、自然天真、輕鬆閒適的牧童形象，歸來飽飯後連蓑衣也不脫，就躺在月夜的露天地上休息了。透過這幅牧童晚歸休憩圖，寄寓了詩人對遠離喧囂、安然自得生活的嚮往。

首句「橫野六七里」展現一片廣袤無垠的原野，放眼望去，青草像在地上鋪開一樣，方圓好幾里都是連綿的綠色，描述出第一眼的視覺感受，給予人平緩舒坦的心理感受。次句描述聽覺上的感受，側耳傾聽，晚風中傳來時斷時續、悠揚悅耳的牧笛聲。一個「鋪」字、一個「弄」字生動傳神，把寬闊的原野裡牧童吹笛嬉戲的神態描述出來了，顯露出生活情趣。這裡的「六七里」和「三四聲」都不是確指，而是為了襯托出原野的寬闊和傍晚的靜寂，用虛數給人留下無限的想像空間。

後兩句直接描寫牧童以天為被、以地為床、飢來即食、困來即眠、無羈無絆、無牽無掛的形象。「歸來飽飯黃昏後」可以

看出牧童日出而作，日落而息，勞作了一天，回來已經是黃昏之後，吃飽了飯就自由自在了。「不脫蓑衣臥月明」生動形象地刻劃出晚歸牧童勞作一天後輕鬆閒適的心境，使人感受到濃郁、和諧而富有詩意的鄉村生活氣息。

詩中沒有正面描寫鄉村田園生活，透過牧童放牧歸來的一個生活片段，反映生活的狀態，是詩人遠離喧囂、安然自得、閒逸舒適、心靈安寧心理狀態的外部投射。據說，此詩是詩人委婉勸說友人趁早離開官場、回歸田園，希望友人像牧童那樣過著無憂無慮、無慾無求的生活。如此一來，「牧童」即是以智者的化身出現在詩中的。

📖 拓展

詩人呂岩，一名巖客，字洞賓（即呂洞賓），號純陽子。是道教_____祖師，世稱呂祖或純陽祖師。民間傳說其四十歲時遇見鄭火龍真人傳劍術，六十四歲時遇見鍾離權傳丹法，道成之後，普度眾生，為民間神話故事八仙之一，也是中國道教史上最富魅力的「活神仙」之一。

A. 太一道　B. 正一道　C. 全真道　D. 淨明道

初六

溪上遇雨（其二）

[唐]崔道融

坐看①黑雲銜②猛雨，噴灑前山此獨晴。

忽驚雲雨在頭上，卻是山前晚照③明。

📖 注釋

①坐看：旋見，形容時間短暫。②銜：含，攜帶著。③晚照：傍晚的陽光，夕照。

📖 譯文

坐看烏雲裏挾著急雨噴灑在前方山巒，此處依然陽光燦爛。

忽然一驚烏雲挾帶驟雨竟瀉到我頭上，前方山巒已是夕照。

📖 賞析

這組詩是詩人在一個夏天行走於山間溪邊突然遇雨時所作，透過對幾種自然現象的觀察，玩味中發現大自然的奇特景緻。第一首寫因天氣悶熱、水中氧氣減少和驟雨驚擾等緣故，點出該飛的不飛、不該飛的卻「飛」了，很有新意。此為第二首，生動地寫出夏雨來速疾、來勢猛、雨跡行蹤飄忽不定的特點，很富有生活情趣。

前兩句寫詩人在溪邊看到「前山」烏雲驟雨，而自己所在之處依然陽光燦爛。「黑雲」、「猛雨」都是夏天暴雨的特點，「銜」字將黑雲擬人化了，形象生動地展現出雨從雲生的景象。「噴」字不但把「黑雲」擬人化，而且寫出了雨的力度，給人一種猛烈澆注的感覺。「噴灑前山此獨晴」一句表明夏天的雨，來速疾，來勢猛，有烏雲壓頂之氣勢，雨跡不定之行蹤，這些都被詩人準確抓住，表現於詩中。

後兩句寫滾滾烏雲挾帶著驟雨，已瀉到自己頭上，不禁讓詩人大吃一驚。「山前」夕陽西照，側面烘托出夏雨的瞬息變化難以預料。「忽驚」是因為詩人毫無防備，大雨已經臨頭。「卻是」跌宕轉折，寫出夏雨來得快，走得急。「晚照」引用南朝宋武帝《七夕》詩中「白日傾晚照，弦月升初光」之句，表現雨前雨後景色瞬息萬變。「山前晚照明」的「明」字寫出夏日景色在雨後的變化，清新自然，溫暖舒適。

這首詩在唐詩中比較少見，既沒有虛實相生、情景交融的藝術手法，也沒有含蓄婉轉的表現手法，既不能從中覓得何種寓意，又不能視為詩人心境的寫照，實在是為寫雨而寫雨。詩中描寫景物有不同時間的變化，又有空間上的對比，表現自然明快，清新活潑，通俗易懂，深感夏雨之趣。

📖 拓展

崔道融，荊州江陵（今湖北省荊州市江陵縣）人，唐朝末期著名詩人。這首《溪上遇雨》寫眼前所見，信手拈來，自然成篇，是早於誠齋幾百年的「誠齋體」。崔道融的代表作還有_____。

A.《與極浦書》　B.《溪居即事》　C.《夏夜玩月》　D.《曲江春感》

═══ 初七 ═══

曲池荷

[唐]盧照鄰

浮香①繞曲岸，圓影②覆華池③。
常恐秋風早，飄零④君不知。

📖 注釋

①浮香：荷花的清香。②圓影：此處指荷葉。③華池：美麗的池子。④飄零：墜落，飄落。

📖 譯文

荷花的清香縈繞在曲岸，圓圓的荷葉覆蓋著華美池塘。
常常擔心秋風來得太早，你還沒來得及欣賞就凋落了。

📖 賞析

　　這是一首詠物詩，以小見大，言簡意賅，運用象徵的藝術手法，把荷花的飄零和詩人的遭遇結合在一起，採用含蓄的方式，曲折地予以表述，從而達到託物言情的目的。

　　前兩句「浮香繞曲岸，圓影覆華池」寫得生動有趣。「浮香」給人一種未見其形、先聞其香的嗅覺感受。「繞曲岸」是因池水不規則，故岸邊彎彎曲曲，與詩文題目呼應。第二句明寫荷葉，卻別有寓意。「圓影」指代荷葉，「華池」即華美之池，還可解釋為開滿荷花的池塘，但再美的池塘也是彎彎曲曲的，令人嘆息。詩人詠荷，在此緊緊抓住兩點：一是從嗅覺方面寫氣味，二是從視覺方面寫形狀。在理解前兩句詩意時還需了解詩人的人生經歷。盧照鄰辭官後又因橫禍下獄，後因身染風疾，手足俱廢，痛苦不堪，自沉穎水而死。因此，曲池荷中的「曲」、「覆」都最恰當地代表詩人的情感，用「荷」來象徵他的形象，表現他的心境是再合適不過了。

　　詩的前兩句寫花好月圓，而後兩句突然轉寫花之自悼。荷花因其「出淤泥而不染，濯清漣而不妖，中通外直，不蔓不枝，香遠益清，亭亭淨植，可遠觀而不可褻玩焉」之品格，在文人心中代表了高雅、華美、純潔的形象，是聖潔的象徵。「常恐秋風早，飄零君不知」看似通俗易懂，實際上卻寓意深刻。試想無情的秋風把這麼美好的事物和景象摧殘了，華美的荷花痛苦地「飄

零」，怎能不令人心生悲戚。末句也是詩人沿用屈原《離騷》中的「唯草木之零落兮，恐美人之遲暮」的句意，但又有所變化，含蓄地抒發了自己懷才不遇、一生飄零的感慨。

盧照鄰幼讀詩書，十歲時便博學一方，聲名遠播。無奈命途多舛，歷經坎坷，又遭牢獄之災，布衣素食，靠朋友接濟維持生活。下半生重病纏身，抱殘歸隱，最終難堪病痛，投水自盡，短短一生，何其悲涼。

📖 拓展

曲池，即曲江池，在西安東南，是唐代著名旅遊勝地。唐代建芙蓉園，廣植荷花，詩人多在此聚集，遊覽賦詩，無不用其極地讚美荷花。荷花又名芙蓉、蓮花，古人稱未開的荷花為_____，因其美麗而深受人們的喜愛，故被文人常用來比作美好的事物。

A. 菡萏　　B. 水華　　C. 水芝　　D. 玉環

初八

蓮花塢

[唐] 王維

日日採蓮去，洲^①長多^②暮歸。
弄^③篙^④莫濺水，畏溼^⑤紅蓮衣。

📖 **注釋**

①洲：水中陸地。②多：總是，經常。③弄：戲弄，此處指撐。④篙：用於撐船的竹、木。⑤畏溼：害怕打溼。

📖 **譯文**

太陽昇起的時候就去採蓮，蓮塘廣闊總是傍晚才歸。

撐篙的時候不要濺起水花，擔心弄溼了紅蓮般衣裙。

📖 **賞析**

作此詩時，王維已隱居田園，詩歌作品主要描寫山水田園之幽趣。這首《蓮花塢》是王維開元年間遊歷江南時，題給友人皇甫岳所居雲溪別墅的《皇甫岳雲溪雜題五首》中的一首。《蓮花塢》全詩輕鬆自然，語言平淡樸素，展現出王維寓居在若耶溪時期的閒情逸致。

前兩句寫採蓮少女的辛勤勞動。「日日」是每天太陽升起的

時候，前一個「日」為名詞，後一個「日」是動詞，表現一群天真活潑的採蓮少女每天一早就出去採蓮。一望無際的荷塘裡長滿紅蓮，碧綠的蓮葉，粉紅的蓮花，採蓮女一天樂此不疲，一直到天色已晚，才載滿肥碩的蓮子回到岸邊。「洲長」是蓮塘廣闊、遠大的樣子，「多暮歸」說明採蓮女日出而去，日暮而歸，詩人對她們一天的勞作和行程是有所觀察的。

後兩句筆調輕鬆自然，語言平淡樸素，點出採蓮女的生活樂趣。她們載著歡聲笑語，載著無限溫馨爛漫，滑著小船靠向岸邊。但此時詩人觀察到這些採蓮歸來的小船，沒有歸心似箭的速度，而是為了「莫濺水」，小心翼翼地撐船，生動形象地刻劃採蓮女的愛美之心和怡然自得的生活樂趣。詩人能夠精確地、細緻地把握住採蓮女「畏濕紅蓮衣」的心理，從採蓮女對衣裙的珍愛程度，進一步可以看出採蓮女同理對蓮花、蓮葉、蓮子的憐惜。「弄篙」和「畏濕」都帶給人們一種動態美感，也展現出詩人體察事物之細膩，熱愛生活之真摯。

詩中形象生動地展現了採蓮女的生活，同時也表明她們熱愛勞動生活，珍惜美好事物的情操。採蓮女自然樸素、真實單純的形象，與詩人崇尚自然美，追求安適的心境有共同之處。

📖 拓展

皇甫岳是王維的友人，據《新唐書宰相世系表·卷七十五黃甫氏》載，皇甫岳是皇甫恂之子，可知此人出生於高門巨族，

家庭背景深厚。居住在今_____的若耶溪。王維遊歷江南，在雲溪別墅感受到了江南獨特的美景，看到皇甫岳的生活悠然自得，這讓王維很是羨慕，於是他一連寫下了五首詩。

A. 嘉興市　B. 紹興市　C. 蘇州市　D. 杭州市

初九

越女詞（其三）

〔唐〕李白

耶溪①採蓮女，見客棹②歌回。

笑入荷花去，佯羞③不出來。

📖 **注釋**

①耶溪：若耶溪，在今紹興市，源頭在若耶山。②棹（ㄓㄠˋ）歌：划船時所唱之歌。③佯羞：假裝害羞，假裝嬌羞。

📖 **譯文**

在若耶溪遇見採蓮的少女，見到船客就唱著歌掉轉船頭。

她們嬉笑著藏入荷花叢中，卻假裝怕羞似的不再出來了。

📖 **賞析**

江南水鄉盛夏，在碧清如鏡的湖面中，有青綠的蓮蓬矗立

於綽約多姿、亭亭玉立的荷花間，荷葉接天碧綠，荷花幽香陣陣。湖中採蓮女陽光、活潑、大方，如清水芙蓉一般，引發無數詩人不惜筆墨來描繪。李白的《越女詞》共五首，此詩為第三首，其他四首多為描寫吳越女子的相貌、皮膚和穿著。

從古至今江南就有在湖面泛舟採蓮的習俗。首句直截了當，開門見山，點明是在「耶溪」遊玩時遇到「採蓮女」。「耶溪」即若耶溪，相傳為西施浣紗之所，風景秀麗。首句並沒有人物形象刻劃，也沒有語言對話，給讀者留出想像的空間。第二句筆鋒一轉，採蓮女卻「棹歌回」，出現戲劇性的掉轉船頭一幕，而且是伴隨著歡樂的歌聲將小船划入荷花叢中，說明此時詩人一定是有一些異樣的形態或舉止。這與王維的「日日採蓮去，洲長多暮歸」遠處觀察採蓮女外出勞作不一樣，與王昌齡的「荷葉羅裙一色裁，芙蓉向臉兩邊開」近處描寫少女們衣著打扮也不一樣，當這個「採蓮女」看見船上站著的詩人時，便唱著歌掉轉船頭，也暗示詩人或船客風流倜儻。

後兩句刻劃採蓮女深藏內心的羞澀情感，但其內心蕩漾的春潮卻是無法全部掩飾的。「佯羞」二字極為精采，將少女欲看青年男子，又羞澀不好意思的心理與情態刻劃得唯妙唯肖，透過這兩個字，彷彿可以看到在密密層層的荷花叢中，採蓮的姑娘正從荷花荷葉的縫隙中偷偷地窺視著船客，她們指指點點、嘰嘰喳喳、笑語盈盈。這首小詩雖很淺白，但韻味雋永。

📖 拓展

詩人王籍曾寫過_____，用輕盈簡潔的手法，素淡雅緻的色調，渲染出若耶溪的水色清澈和環境幽靜。李白初入會稽時，見到此處山水豔麗，體會這裡風土人情，也不禁產生一種很強烈的新鮮感，留下五首《越女詞》，均以近乎白話的方式，展現出越女們的相貌、神情和動態，也展現了李白「清水出芙蓉，天然去雕飾」的詩風。

A.《若耶溪》　　B.《入若耶溪》　　C.《若耶溪女》　　D.《送越客歸》

═══ 初十 ═══

採蓮曲（其二）

[唐]王昌齡

荷葉羅裙①一色裁②，芙蓉③向臉兩邊開。

亂入池中看不見④，聞歌始覺有人來。

📖 注釋

①羅裙：絲織的裙。②一色裁：像用同一顏色的衣料剪裁的。③芙蓉：蓮花，荷花。④看不見：此處指分不清。

📖 **譯文** ....

採蓮女穿著和荷葉一色的羅裙，少女的臉龐掩映在荷花中。
她們混雜在荷花池裡難以辨認，聽到歌聲才發覺有人過來。

📖 **賞析** ....

「採蓮曲」本是樂府古曲名，內容多描寫江南水鄉風光，
採蓮女的勞動和生活情態。後世許多詩人也寫過這個題目，如
吳均、李白、白居易、張籍、賀知章、劉方平、崔國輔、陸游
等數不勝數。但王昌齡的兩首《採蓮女》更為清新淡雅，意境
優美，讓人回味無窮。第一首寫水鄉姑娘的採蓮活動，以花、
月、舟、水來襯托女子嬌美的容貌，第二首表現採蓮女子的整
體印象，生動形象而別有韻味。此詩為第二首。

「荷葉羅裙一色裁，芙蓉向臉兩邊開」讓人頓時感覺到這些
採蓮少女簡直就是美麗大自然的一部分。荷塘裡荷葉鋪滿，荷
花盛開，採蓮女夾雜其中，畫面真實，美妙和諧。「裁」字用
在這群採蓮女的身上最為恰當，讓人感到「荷葉」與「羅裙」不
僅顏色相同，而且似乎也是同一雙巧手以同一種材料剪裁而成
的。「開」字則將採蓮女的臉龐比作芙蓉面，她們臉上那種紅
潤、豔麗、嬌嫩的色澤如同出水荷花一般，遠遠看上去已經融
為一體。

如果說前兩句巧妙地將採蓮女與荷葉荷花融為一體，若隱

若現，別具一格，令人遐想，那麼後兩句則是對前兩句的補充和深入。「亂入」即雜入、混入之意，身穿羅裙，面如芙蓉的採蓮女在採蓮時，時進時出，忽遠忽近，視覺上與「荷葉」、「芙蓉」恍若一體，難以分辨。正在分不清哪是荷葉哪是衣裳、哪是蓮花哪是人面之時，「聞歌始覺有人來」，聽見歌聲，才知道她們來了。這種本已「不見」，忽而「聞歌」，方知「有人」的巧妙轉折，可謂妙趣橫生。採蓮女的「歌聲」既表達出採蓮少女們充滿青春活力的歡樂情緒，也使得整個畫面更加精巧活潑，充滿生動意趣。後兩句用了「亂」、「看」、「聞」、「覺」可以說字字珠璣，展示出目、耳、心三處不同的感受，提升了這首《採蓮曲》的藝術價值。

📖 拓展

　　王昌齡人生最後的十年，基本上都在＿＿＿＿度過。據說這首詩是王昌齡初來此地，在東溪荷池，見當地酋長公主阿朵在荷池採蓮唱歌的情景。後來詩人離開此地還鄉時，路經亳州，卻被亳州刺史閭丘曉殺害，可謂詩壇之不幸。

　　A. 潞州　B. 氾水　C. 江寧　D. 龍標

十一

長干曲①（其一）

［唐］崔顥

君家何處住②？妾住在橫塘③。

停船暫借問④，或恐⑤是同鄉。

📖 **注釋** ┈┈┈┈┈┈┈┈┈┈┈┈┈┈┈┈┈┈┈┈┈┈┈┈┈┈┈┈┈┈

①長干（ㄍㄢ）曲：一作「江南曲」，一作「長干行」，原為南京一帶民歌，內容多寫江上漁家生活。②何處住：一作「定何處」，住在何處。③橫塘：在今南京市西南，秦淮河南岸。④借問：請問，向人詢問。⑤或恐：也許，一作「或可」。

📖 **譯文** ┈┈┈┈┈┈┈┈┈┈┈┈┈┈┈┈┈┈┈┈┈┈┈┈┈┈┈┈┈┈┈┈

你家住在哪兒？我家就住在橫塘。

停船打聽一下，或許我們是同鄉。

📖 **賞析** ┈┈┈┈┈┈┈┈┈┈┈┈┈┈┈┈┈┈┈┈┈┈┈┈┈┈┈┈┈┈┈┈

崔顥的《長干曲》共四首，情調活潑明快，語言質樸清新，不加雕琢而情境俱佳。四首連在一起是以男女對話的形式描寫了採蓮女子與青年男子偶然水上相逢，初不相識，最終兩人並行而歸的故事，妙趣橫生。這是第一首，抓住了生活中富有戲

劇性的一剎那，用白描的手法，寥寥幾筆，就使人物、場景躍然紙上，栩栩如生。

開篇女子天真無邪地問：你家住在哪兒？用一個「君」字表示對方應是男性，形象地將女子既想結識對方，又怕過於直接，把天真無邪的心態描繪出來，「妾住在橫塘」將女性的年齡用天真的語氣反襯出來。簡單的一問，寥寥十個字，就借女主角之口點明說話者的性別與居處，巧妙地以對話口吻表露嬌憨的神態，用女子自報家門的急切程度，傳達了這個女子大膽、聰慧、天真、無邪的音容笑貌。開篇便栩栩如生，饒有情趣。

後兩句猶如一曲男女聲對唱，它截頭去尾，突出主幹，又很像一齣戲劇，高度凝練，引人入勝。「停船暫借問」顯示這是在湖面上的一次偶遇，也可能是女子刻意而為之的「巧遇」。女主角可能有一見傾心之情，也可能路遇鄉音而喜出望外，還可能風雨漂泊孤獨無伴，均可引出讀者無限遐想。尾句「或恐是同鄉」是女性大膽巧妙地找出話頭和對方攀談，描繪船家少女的大膽、聰慧。對話生動形象，人物活靈活現。至此，第一首詩戛然而止，引出《長干曲》的第二首「家臨九江水，來去九江側。同是長干人，自小不相識。」

📖 拓展

崔顥是唐朝著名詩人，最為人們津津樂道的是他那首＿＿＿＿。他才思敏捷，開元年間中進士，官至太僕寺丞，天

寶年間為司勳員外郎。因秉性耿直，官位不顯，終不得志，後遊歷天下，歷經邊塞，詩風大振，忽變常體，風骨凜然，尤其是其邊塞詩慷慨豪邁，雄渾奔放。

A.《黃鶴樓》　　B.《岳陽樓記》　　C.《滕王閣序》　　D.《登鸛雀樓》

═══ 十二 ═══

贈汪倫①

[唐] 李白

李白乘舟將欲行，忽聞岸上踏歌②聲。

桃花潭③水深千尺，不及汪倫送我情。

📖 **注釋**

①汪倫：李白的朋友，字文煥，一字鳳林，歙州黟縣（今安徽黃山市黟縣碧山村）人。唐開元年間任涇縣令。②踏歌：唐代民間流行的一種手拉手、兩足踏地為節拍的歌舞形式，可以邊走邊唱。③桃花潭：在今安徽省宣城市涇縣。

📖 **譯文**

李白乘船將要遠行，忽然聽見岸上送別踏歌聲。

桃花潭水深達千尺，也比不上汪倫送我的深情。

📖 賞析

李白自秋浦遊歷到涇縣時，與汪倫結識，此詩為兩人對飲幾日後離別時所作。全詩簡單質樸，真情生動，讚美汪倫對詩人的敬佩和喜愛，也表達了李白對汪倫的深厚情誼。

古人寫詩，一般忌諱在詩中直呼姓名，例如，對方姓賈，多以「賈生」呼之，如對方姓陶又做過縣官，多以「陶令」稱之，而此詩一反常態，從詩人直呼自己的姓名開始，又以稱呼對方的名字作結，極為罕見，一方面反映「詩仙」率真、灑脫的性格，另一方面也有對朋友的調侃、戲稱，反而令此詩更具有親切感。

前兩句描寫送別的場面。李白的行船正要離岸，在船上向人們一一告別，「將欲行」表明是在舟船將發未發之時，「忽聞」二字表明未見其人，先聞其聲，說明汪倫的到來，確實是不期而至的。「踏歌聲」是以踏地為節拍，邊走邊唱，這種前來送行的方式側面表現出李白和汪倫這兩位朋友同是不拘俗禮，快樂自由，性格率真的人。

後兩句是抒情。「桃花潭」說明臨行的地點在桃花潭，是在汪倫款待自己的地方。「深千尺」既描繪了潭的特點，又為結句留出伏筆。若說汪倫對詩人的情意比作「千尺」潭水，便是凡語，妙語是在「千尺」與「不及」的轉換之間。「不及」二字形象地表達了真摯純潔的深情，將無形的情誼瞬間轉化為生動的形

象，空靈而有餘味，自然而又情真。據說，到宋代時，汪倫的子孫還珍重地儲存著這首贈別詩。

📖 拓展

據＿＿＿＿《隨園詩話補遺》記載：唐時汪倫者，涇川豪士也，聞李白將至，修書迎之，詭云：「先生好遊乎？此地有十里桃花，先生好飲乎？此地有萬家酒店。」李欣然至。乃告云：「『桃花』者，潭水名也，並無桃花；『萬家』者，店主人姓萬也，並無萬家酒店。」李大笑，款留數日，臨行時贈詩一首。

A. 李贄　B. 金聖嘆　C. 袁枚　D. 王士禎

═══ 十三 ═══

過華清宮絕句三首（其一）

〔唐〕杜牧

長安回望①繡成堆②，山頂千門③次第④開。

一騎紅塵⑤妃子⑥笑，無人知是荔枝來。

📖 注釋

①回望：回顧，回頭看。②繡成堆：驪山右側有東繡嶺，左側有西繡嶺，林木蔥蘢，花草繁茂。③千門：眾多宮門，眾多宮殿。④次第：依一定順序，一個挨一個。⑤紅塵：車馬過

土路後揚起的塵土。⑥妃子：指楊貴妃楊玉環（西元七一〇年至七五六年）。

📖 **譯文** ....

　　在長安回顧驪山，團團錦繡，樹木繁茂，山頂眾多宮門一個接一個地開啟。

　　一個人騎馬飛馳，塵土飛揚，貴妃一笑，無人知道是新鮮荔枝從南方送來。

📖 **賞析** ....

　　《過華清宮絕句三首》是杜牧途經驪山華清宮時有感而作的組詩，分別透過為楊貴妃千里送荔枝、玄宗輕信謊報軍情的探使、安祿山為唐玄宗和楊貴妃作胡旋舞這三個典型事件，深刻鞭撻了玄宗與楊貴妃驕奢淫逸的生活。此為第一首，精妙絕倫，膾炙人口，是唐人詠史絕句中的佳作。

　　首句描寫華清宮所在地──驪山的景色。驪山是秦嶺山脈的一條支脈，距離長安城約二三十公里，遠觀景色青翠，林木蔥蘢，美如錦繡。周幽王在此建「驪宮」，秦始皇時改為「驪山湯」，漢武帝時擴建為「離宮」，唐太宗營建宮殿，取名「湯泉宮」，唐玄宗再次擴建為「華清宮」，山頂上都是鱗次櫛比、雄偉壯觀的行宮。次句是平日緊閉的宮門忽然一道接著一道，按照一定順序開啟了。

後兩句意在諷刺玄宗寵妃，貴妃恃寵而驕之事。一人一馬為「一騎（舊讀ㄐㄧˋ）」，一名專使騎著健馬急馳而來，身後塵土飛揚，似乎是緊張戰事中的信使或凱旋的將士。「次第開」、「一騎紅塵」、「妃子笑」是三個特寫鏡頭，貌似互不相關，卻都包含詩人精心安排的懸念。「次第開」說明宮中有重大事情，「一騎紅塵」說明宮外有緊急要事，「妃子笑」點到而不說破，「荔枝」兩字才透出事情的原委。「無人知」最有深意，至少騎馬傳遞者知，唐明皇知，有人知而曰「無人知」，正是詩人不同尋凡的諷刺手法，讓人想到周幽王為博妃子褒姒一笑，點燃烽火，導致國破家亡。

此詩非寫實之作，而為寫意之作，意在諷刺玄宗寵妃之事，表達了詩人對窮奢極欲、荒淫誤國的執政者無比憤慨之情。

📖 拓展

荔枝在《上林賦》中作「離支」，是割去枝丫之意。古人已認識到，這種水果不能離開枝葉，假如連枝割下，保鮮期會加長。據《唐國史補》記載：「楊貴妃生於蜀，好食荔枝，南海所生，尤勝蜀者，故每歲飛馳以進。然方暑而熟，經宿則敗，後人皆不知之。」而據蘇軾考證，楊貴妃在長安所食的荔枝應該是今＿＿＿＿產地的。

A. 廣西　B. 巴蜀　C. 廣東　D. 福建

═══ **十四** ═══

渡荊門送別

［唐］李白

渡遠①荊門外，來從楚國②遊。

山隨平野盡③，江入大荒④流。

月下⑤飛天鏡，雲生結海樓⑥。

仍憐故鄉水，萬里送 行舟。

📖 **注釋** ⋯⋯⋯⋯⋯⋯⋯⋯⋯⋯⋯⋯⋯⋯⋯⋯⋯⋯⋯⋯⋯⋯⋯⋯⋯⋯

①遠：遠自。②楚國：指今湖北一帶。③盡：消失。④大荒：廣闊無際的原野。⑤下：移下。⑥海樓：海市蜃樓。此處形容江上雲霞多變形成的美麗景象。⑦故鄉水：指四川段長江水。⑧送：陪著離去的人一起走。

📖 **譯文** ⋯⋯⋯⋯⋯⋯⋯⋯⋯⋯⋯⋯⋯⋯⋯⋯⋯⋯⋯⋯⋯⋯⋯⋯⋯⋯⋯

我乘舟順著長江到了荊門之外，來到戰國時期楚國一帶旅行。

高山遠去眼前已是無際的原野，江水在廣闊野地上肆意奔流。

明月流轉如同飛在空中的明鏡，江面彩雲升騰好像海市蜃樓。

我仍然依依不捨故鄉的長江水，不遠萬里來送我東行的行舟。

📖 **賞析**

李白這次出蜀，興致勃勃、壯志豪情，由水路乘船，經巴渝，出三峽，直向荊門山駛去，目的是到湖北、湖南一帶遊覽。

「渡遠荊門外，來從楚國遊」指的就是這次遠行。「荊門」即荊門山，在今湖北宜昌市宜都市西北長江南岸，下有銀潢倒洩的虎牙灘，南與五龍山的群峰相接，北和虎牙山隔江相峙，形勢險要。長江中上游兩岸都是高聳入雲的崇山峻嶺，船過荊門一帶，已是平原曠野，視野頓然開闊，別是一番景緻。

接下來詩人用二十個字描寫此時看到的「山」、「野」、「江」、「月」、「雲」，用詞極其精準幹練。山逐漸消失了，眼前是一望無際的原野，江水彷彿在原野上肆意奔流，無拘無束，無羈無絆。月亮好像天上懸著的一面明鏡，雲彩興起，變幻無窮，形成了海市蜃樓般的奇景。「山隨」和「江入」相對，前者化靜為動，給予人流動感與空間感，後者境界高遠，給人江水奔騰直瀉的觀感。「月下」對「雲生」，將讀者視線進行挪移，聚焦在船頭江面及以上，與巴蜀一帶崇山峻嶺中看到的景緻不一樣，這正是在荊門一帶廣闊平原江面上所觀賞到的奇妙美景。充滿了浪漫主義色彩的李白，長期生活在蜀中，把第一次出蜀見到廣闊平原時的新鮮感受極其真切地描寫出來。

最後筆鋒一轉，「仍憐故鄉水，萬里送行舟」運用擬人手法，將「故鄉水」擬人化，「故鄉水」有情有義，不遠萬里，送我遠行，表達詩人離開故鄉的依依不捨，思念故鄉的殷殷之情。

📖 **拓展**

詩中「江入大荒流」的「入」字帶有強烈的進入感，描繪了長江衝擊荒原的巨大力量，也激發詩人的創作豪情。李白內心的激昂奮進，也隨著江水奔向遙遠的天際。與＿＿＿＿的《次北固山下》中「海日生殘夜，江春入舊年」中的「入」字有近似的意蘊。

A. 王勃　B. 王灣　C. 王維　D. 王之渙

＝＝＝ 十五 ＝＝＝

題李凝幽居

［唐］賈島

閒居少鄰並①，草徑入荒園②。
鳥宿池邊樹，僧③敲月下門。
過橋分野色④，移石動雲根⑤。
暫去⑥還來此，幽期 不負言 。

📖 注釋

①少（ㄕㄠˇ）鄰並：鄰居不多。②荒園：此處指隱士李凝荒僻的居處。③僧：詩人早年出家為僧，號無本。④分野色：山野景色被分開。⑤雲根：深山雲起之處。⑥暫去：暫時離開。⑦幽期：指歸隱之期。⑧不負言：不食言，不失信。

📖 譯文

住在幽居之處少有鄰居來，通向居所的小路雜草叢生。

鳥在夜晚棲息在池邊樹上，月光下一個僧人正在敲門。

走過橋又看見另一番景色，深山雲起處石頭好似在動。

我暫時離開這裡還會回來，相約歸隱的日期絕不食言。

📖 賞析

這首詩以「鳥宿池邊樹，僧敲月下門」一聯著稱。全詩抒寫詩人夜裡走訪友人李凝這樣一件尋常小事，引起詩人對隱逸生活的嚮往。

首聯描寫友人居所周圍幽靜的環境，暗示出李凝隱士的身分。因為「少鄰並」，就很少有人來此地，小路上走的人少，雜草就會叢生，此處更像一片「荒園」。

「鳥宿池邊樹，僧敲月下門」是歷來廣為傳誦的名句。詩人用反襯手法描寫在皎潔的月光下，萬籟俱寂，但突然發出幾下

六月

敲門的聲響，驚動了宿鳥，或是引起鳥兒一陣不安的躁動，這樣的聲響進一步襯托出月下幽居的安靜，是以聲響反襯幽靜之手法，若用「推」字，則沒有這樣的藝術效果了，與王籍「鳥鳴山更幽」一句有異曲同工之妙。

頸聯「過橋分野色，移石動雲根」寫路上所見。一橋之隔景色都不相同，說明此山的景色之奇特，也說明在詩人眼中，處處充盈著閒適的美感。白雲飄動，彷彿山石在移動，說明雲層之厚重，幽居之處似仙非仙。「石」是不會動的，詩人用反說「移石」，別具神韻。這一切，又都籠罩著潔白如銀的月色，更突顯環境自然恬淡，幽美迷人。

尾聯「暫去還來此，幽期不負言」表明詩人不負歸隱的約定，點出詩人心中的幽情，提出詩的主旨。

📖 拓展

賈島是著名的苦吟派詩人，據唐五代筆記小說集《鑑誡錄》中記載，詩人反覆吟誦此詩多遍，到底是用「推」還是「敲」？正在想得入神時，跋驢衝撞了_____的車騎。其對賈島說：「我看還是用『敲』好，拜訪友人，敲門代表你是一個有禮貌的人！而且一個『敲』字，使夜靜更深之時，多了幾分聲響。」二人還因此成為好友。

A. 孟郊　B. 柳宗元　C. 韓愈　D. 張籍

十六

鄂州南樓書事

[北宋] 黃庭堅

四顧①山光接水光，憑欄②十里芰③荷香。

清風明月無人管，並作南樓④一味涼⑤。

📖 注釋

①四顧：向四周看。②憑欄：身倚欄杆。③芰（ㄐㄧˋ）：菱角的古稱，又叫水菱、風菱、烏菱、菱角、水慄、菱實、芰實等，長江下游地區廣泛種植。④南樓：在今武昌蛇山頂。⑤一味涼：一片涼意。

📖 譯文

四周眺望山色連線水光，身倚欄杆聞到菱角荷花清香。

清風和明月都無人看管，一起來到南樓化作一片清涼。

📖 賞析

黃庭堅的一生，頗為崎嶇坎坷，由於遭人陷害，曾貶官於蜀中六年，召回才幾個月，又被罷官至鄂州閒居。詩人一生不如意之事十有八九，既然得不到自由，不如與清風明月為伴，力圖在儒、道、佛的思想中尋求精神寄託，以求慰藉。

　　前兩句寫詩人登上南樓乘涼的所見和所聞。一個人站在南樓，他倚欄而望，明月已近中天，皎潔的清輝傾瀉而下。詩人向四周眺望，只見遠處「山光接水光」，山水一色，看上去非常壯觀，那遼闊的水面上還有菱角搖曳，荷花也早已盛開了，還飄來「芰荷」陣陣清香。詩人以「南樓」為中心，勾勒出一幅四周景色優美靜謐的畫面。詩人深深地被大自然所陶醉，把紅塵的擾亂羈絆，人間的名利得失都拋到腦後去了。

　　後兩句寫當時詩人的內心感受，流連陶醉於山水之間，構成一個心境清淡的「清涼世界」。詩人望著山水，聞著清香，有習習清風、朗朗明月為伴，感受到一片涼爽和愜意。「清風」無拘無束，「明月」自由自在，故說它們「無人管」。正因為世間誰也不能對它們管束，它們才能得以慷慨、殷勤地為南樓送來清爽的夜涼。既然是「書事」，宦海中「事」又將如何「書」呢？此時詩人筆鋒一轉，「一味涼」者，正是「山光水光」、「十里芰荷」與「清風明月」一起並作，在這裡能擁抱「明月」，攜手「清風」，優美的大自然給詩人帶來精神上的慰藉。

　　詩人不僅寫出了南樓秀麗獨特的風景，另外也把自己的內心感受全部融入詩中，正是這樣的獨具匠心，使這首詩處處充滿了詩情畫意。

📖 **拓展**

　　黃庭堅是北宋著名的文學家、書法家，他擅長行書、草書

和楷書，其字型表現出一種獨有的氣魄和蒼勁的筆鋒。黃庭堅與杜甫、陳師道、陳與義等成為中國文學史上_____的代表。且詩派成員大多受到黃庭堅的影響，詩文風格以吟詠書齋生活為主，很重視文字的推敲技巧。

A. 江西詩派　B. 江南詩派　C. 江浙詩派　D. 江蘇詩派

═══ 十七 ═══

西江月・夜行黃沙道①中

[南宋] 辛棄疾

明月別枝②驚鵲，清風半夜鳴蟬。稻花香裡說豐年，聽取蛙聲一片。

七八個星天外，兩三點雨山前。舊時茅店③社林④邊，路轉溪橋⑤忽見⑥。

📖 **注釋**

①黃沙道：指今江西省上饒市廣信區黃沙嶺間。②別枝：一為橫斜突兀的樹枝；一為另一枝，詞義為鵲因月明，驚飛不定，從這一枝跳到那一枝。③茅店：茅草蓋的鄉村客店。④社林：土地廟附近的樹林。⑤溪橋：一作「溪頭」。⑥見（ㄐㄧㄢˋ）：同「現」，顯現，出現。

📖 **譯文**

　　明月升上樹梢，驚醒了棲息枝頭的鳥鵲，清涼的晚風送來遠處蟬鳴。

　　在稻穀香氣裡，人們談論著豐收的年景，耳邊傳來青蛙的陣陣叫聲。

　　天空輕雲飄浮，夜空中的星星時隱時現，山前下起淅淅瀝瀝的小雨。

　　以前社林旁邊，有一家客店不知在哪裡，轉過溪頭忽然出現在眼前。

📖 **賞析**

　　這首詞是辛棄疾被貶官閒居在江西時所作。詞中有明月清風，疏星稀雨，驚鵲鳴蟬，稻花飄香，蛙聲一片，從視覺、聽覺和嗅覺三個方面寫出夏夜山村的獨特風光，優美如畫，恬靜自然，生動逼真。

　　前兩句「明月別枝驚鵲，清風半夜鳴蟬」，表面看來，寫的是月、風、鵲、蟬等這些極其平常的景物，然而經過詞人巧妙構思和藝術組合，尋常事物就顯得不平常了。明月竟能驚醒棲息的鳥鵲，足見「黃沙道中」夜之靜謐，自然也就會引起「別枝」時枝頭搖曳，寂靜的夜裡隨風飄來的蟬聲優美動聽，讓人沉醉其中。接著是撲面而來瀰漫山野的稻花清香，又由「稻花香」

聯想到即將到來的豐年景象。

下闋天外稀星表示此時時間已有進展，山前又下起了小雨，對夜行的人是一種威脅，這一波瀾，便把收尾兩句襯托得更為有力。行人疾步向前走，想找個避雨的地方，然而此時可能因為天黑、心急、樹林茂密，沒有找到記憶中的「茅店」。後來轉過「溪橋」，竟然發現過去熟悉的「茅店」還在「社林」旁邊，這個發現讓詞人倍感驚喜，這份驚喜讓這次夜行樂趣橫生。「舊時茅店社林邊，路轉溪橋忽見」是個倒裝句，妙處是能把「忽見」的驚喜表現出來。如果用「路轉溪橋忽見，舊時茅店社林邊」則失去了詩詞的藝術感染力。

這首詞的題材內容不過是一些看來極其平凡的景物，語言沒有過分雕飾，沒有用到一個典故，層次安排也完全是順其自然，平平淡淡。然而，正是在看似平淡之中，卻有著詞人潛心的構思，淳厚的情感，以淡雅的筆調描寫出充滿活躍氣氛的夏夜。

📖 拓展

辛棄疾因受奸臣排擠，被免罷官，回到江西上饒帶湖居家，過著投閒置散的退隱生活。在此期間，辛棄疾留下了不少著名詞作。據岳珂《桯史》記：「辛棄疾每逢宴客，必命侍姬歌其所作。特好歌＿＿＿一詞，自誦其警句曰，『我見青山多嫵媚，料青山見我應如是。』」

A.《西江月》　B.《賀新郎》　C.《醜奴兒》　D.《卜算子》

══ 十八 ══

花影

［北宋］蘇軾

重重疊疊①上瑤臺②，幾度呼童③掃不開。

剛被太陽收拾去，卻教④明月送將來。

📖 注釋

①重重疊疊：形容地上的花影很濃厚。②瑤臺：美玉砌的樓臺，亦泛指雕飾華麗的樓臺。③童：舊時未成年的僕人。④教（ㄐㄧㄠˋ）：讓。

📖 譯文

亭臺上的花影層層疊疊，幾次叫家童去清掃都掃不掉。

日落後花影剛消失一會，月亮照耀把花影又送回來了。

📖 賞析

這首詩的作者一說為宋代謝枋得，緣於在蘇軾的詩集中沒有見到此詩，而在謝枋得的《疊山集》中發現了此詩。但普遍認為，從詩文風格上看應似蘇軾文筆，尤其與蘇軾自認為是「偈」的《琴詩》類似，而且，謝枋得十分崇敬蘇軾，他的號「疊山」，就是從蘇軾一首七律詩中「溪上青山三百疊」而來的。

　　如果把這首詩看作詠物詩則是很簡單的，那亭臺樓閣上面搖曳的「花影」，鋪陳成一層又一層，詩人好幾次呼喚家童讓他掃走，但是影子是沒有辦法掃走的，等到太陽落山的時候才能消失。「花影」剛消逝了一會兒，月亮又升了起來，當月光照向大地時，「花影」再次出現，想必是被月亮給送回來的。

　　如果把這首詩看作諷刺詩，則思想感情更進一步。「瑤臺」是用美玉砌的樓臺，花的影子與花本是相伴相生的，加一「上」字含有鄙視「花影」之意，此處又用「掃不開」暗含詩人有憎惡「花影」之情，而且是「幾度呼童」更顯出內心的急迫性。後兩句一個「收拾去」，一個「送將來」表露詩人從慶幸到無奈的心情，似乎能聽到詩人發出的一聲嘆息。詩人將自己內心的感情變化寓於「花影」的倏忽變化之中，借吟詠「花影」，暗喻小人位居高位，拂之不去，抒發自己想要有所作為，卻又無可奈何的心情。

　　也可以把這首詩當作哲理詩看待，別有新意。「花影」的變化源自光線的變化，詩中一「去」一「來」是寫「花影」的變化，又用擬人的方法寫被日「收」月「送」，展現出本詩言近旨遠。世間萬物，有形就有影，有因就有果，不以人的意志為轉移。萬物皆是化相，心不動，萬物皆不動，心不變，萬物皆不變。種種瑣事，正像「花影」一樣縈繞在心間，揮不盡，拋不去，變的是日月輪迴，不變的也是日月輪迴。

📖 **拓展** ···

　　蘇軾寫此詩前後大約在徐州任太守，他剛到任三個月之後，洪水也到了徐州，蘇軾親自參與防堵工程，四十五天後，圍困徐州的洪水退去，他修表呈奏朝廷，請求撥款。次年二月，朝廷撥款後，在城東南建築了一條木壩，在外圍城牆上興建了一座_____，秦觀作賦。

　　A.奎樓　B.霸王樓　C.黃樓　D.燕子樓

═══ 十九 ═══

村晚

〔宋〕雷震

　　草滿池塘水滿陂①，山銜落日浸寒漪②。

　　牧童歸去橫牛背③，短笛無腔信口④吹。

📖 **注釋** ···

　　①陂（ㄆㄧˊ）：池塘。②寒漪（ㄧ）：清涼的水波。③橫牛背：橫坐在牛背上。④信口：隨口。

📖 **譯文** ···

　　水草長滿池塘，池水漫上池岸，山銜落日倒映在清涼閃亮的水波裡。

傍晚牧童回村，橫坐在牛背上，手持短笛隨口吹著不成音調的曲子。

📖 賞析

雷震，宋朝人，生平不詳，籍貫不詳。留存於世的這首《村晚》是描寫農村晚景佳作，雖篇幅短小，但內涵豐富，能夠有助於提高青少年的學習興趣、語言能力、審美能力和擴散性思考能力。

前兩句用白描的手法，構成了一幅饒有生活情趣的農村晚景圖。四周長滿青草的池塘裡，池水灌得滿滿的，大地一片欣欣向榮。「水滿陂」說明正逢多雨的季節，因此水漲得很高。兩個「滿」字寫出仲夏時令的景物特點，寫出了景色的生機一片。次句用一個「銜」字則將景象描寫得形象生動。此時，太陽漸漸地落山了，夾在兩座山峰之間，好像青山張開大嘴叼住了一隻紅果，在慢慢地品嘗著它的味道，依依不捨地吞下去。那影子倒映在池水中，隨著略帶涼意的細小波紋輕輕地晃盪著，非常美麗。詩人雖是即景而寫，也足見其鍊字之工。

前兩句以池塘為中心，景色曼妙、色彩絢麗。後兩句則轉到一幅悠然超凡、世外桃源般的畫面，表達鄉村傍晚特有的一種恬靜舒適之感。牧童騎黃牛的經典畫面深深地烙印在每個有鄉村記憶人的腦海中，久久縈繞，揮之不去，成為鄉村暮靄中那一幕幕生動寫實的場景和記憶。牧童騎著牛，不是規規矩

矩地騎，而是橫坐著；他吹笛也不是認真地吹，而是「無腔信口吹」，牧童調皮天真的神態躍然紙上。詩人看到牧童「橫牛背」上那種悠然自得、純樸無邪、舒適愉悅的樣子，可以推想到他一定滿足於這種自然風光優美、生活自由自在的環境，傳遞出一種悠然超凡、世外桃源般的感覺。詩中攝取的畫面很有情趣，描繪的景物高低錯落有致，遠近大小不一，色彩亮麗鮮明，動靜非常協調。無論是畫中之景，還是畫外之聲，都給人一種恬靜、悠遠的美好感覺，這也展現了詩人對生活的態度。

📖 拓展

　　鄉村的生活中，總是充滿了美麗的風景、純樸的鄉民、溫馨的情感，如宋代＿＿＿＿的「騎牛遠遠過前村，吹笛風斜隔隴聞」；宋代周敦頤的「東風放牧出長坡，誰識阿童樂趣多」；明代鍾芳的「牛放平蕪綠滿郊，小池儲水灌新苗」。都寫出了農村生活的美好和樂趣，勾起人們內心深處的記憶。

　　A. 歐陽修　　B. 蘇軾　　C. 黃庭堅　　D. 范仲淹

大暑

浣溪沙·簌簌衣巾落棗花

［北宋］蘇軾

簌簌①衣巾落棗花，村南村北響繰車②。牛衣③古柳賣黃瓜。

酒困路長唯欲睡，日高人渴漫思茶④，敲門試問野人⑤家。

📖 注釋

①簌（ㄙㄨˋ）簌（ㄙㄨˋ）：原意形容風吹葉子等的聲音，此處指棗花落下之狀。②繰（ㄙㄠ）車：是抽繭出絲的工具。③牛衣：編麻或編草披在牛背上的。此處指衣衫襤褸。④漫思茶：很想喝茶，漫者，隨隨便便，這裡有胡亂的意思。⑤野人：農夫。

📖 譯文

雨後棗花紛紛落在衣襟上，整個村子裡響起了繰車的聲音。大柳樹下有個穿粗布衣的農民在賣黃瓜。

酒勁未過，路途又遠，昏昏欲睡，日頭高照，口渴難忍，很想喝茶，敲開農家的門問可否給一碗茶。

📖 賞析

西元一〇七八年，徐州發生了嚴重旱災，時任知州的蘇軾曾率眾求雨，得雨後，他又與百姓同赴謝雨，這首詞應在謝雨

路上所作。詞人從農村常見的典型事物入手，意趣盎然地表現了淳厚的鄉村風情。

上闋從棗花落在「衣巾」上的「簌簌」聲音開端，首句句法倒裝。棗花本來是細小又不起眼的，但詞人善於觀察，從最細小的棗花下落反映時節的變化，好似現代紀錄片的一個定格鏡頭，反映農民將雨盼來後無以言表的喜悅之情。走近村莊，這簌簌的棗花聲旋即被另一種聲音所掩蓋，那就是繅車的聲音。當棗花撒落的時候，正是忙碌抽繭之際，家家戶戶忙於農事。此時，還看到一位披著「牛衣」的農民坐在村口的大柳樹下，向路人叫賣自家的黃瓜。語言平實質樸，沒有斧鑿之痕，與鄉村風情十分相符。

下闋轉入寫途中行路艱辛。詞人經過長途跋涉，加之酒意未消，日高人困，不免有些倦意，暑熱煩勞之狀躍然紙上。「日高人渴」和「敲門試問」兩句，雖然是寫由於口渴而急於到農民家裡覓水的活動，但同時也反映了詞人不拘小節、隨遇而安的性格特徵。「試問」一詞用得十分講究，既寫出詞人滿懷希望，想討杯茶解渴的心情，又擔心農忙季節，農家無人，自己不便貿然而入的心情。信筆寫來，不事雕琢，卻栩栩如生，刻劃出一位平易近人的徐州知州形象。

📖 **拓展**

蘇軾是北宋時期最著名的文學家、書法家、畫家。但蘇軾的仕途卻長期不順，科舉考中後，正要大顯身手時，兩度奔

喪，守喪期滿回京恰好趕上震動朝野的王安石變法。因反對新法，與宰相王安石政見不合，只好主動請求出京任職，任地方長官時間最短的是_____。

A. 杭州通判　B. 密州知州　C. 徐州知州　D. 湖州知州

廿一

飲湖上初晴後雨（其二）

[北宋] 蘇軾

水光瀲灩①晴方好②，山色空濛③雨亦奇。

欲把西湖比西子④，淡妝濃抹總相宜⑤。

📖 **注釋**

①瀲灩：形容波光閃動的樣子。②方好：正顯得美好。③空濛：形容迷茫飄渺的樣子。④西子：西施，春秋時越國美女，她五官端正，粉面桃花，相貌過人。⑤總相宜：十分合適，十分自然。

📖 **譯文**

晴天的西湖水波蕩漾顯得秀美，雨中的西湖山色空濛景緻奇妙。

若把美麗的西湖比作美人西施，淡妝也好濃妝也罷都十分合適。

📖 賞析

　　《飲湖上初晴後雨》共兩首，第一首描寫傍晚泛舟西湖，絢麗多姿的景色美不勝收，天上飄來一陣大雨，客人不勝酒力已漸入醉鄉。此詩為第二首，是第一首詩的延續，也是對西湖美景的全面品評。蘇軾這首詩對西湖的評價前無古人，後無來者，被認為是對西湖美景的定評。

　　前兩句運用了交換寫景的方法，分別寫了西湖的晴天和雨天。「水光瀲灩」描寫西湖在陽光照耀下，水波蕩漾，波光閃閃，楚楚動人，看起來十分美麗。「山色空濛」描寫西湖在雨幕籠罩下，群山粉黛，迷茫空濛，似有似無，富有奇妙神韻。「晴方好」的「好」和「雨亦奇」的「奇」都是詩人對西湖直抒胸臆的讚評，也是對《飲湖上初晴後雨（其一）》「朝曦迎客豔重岡，晚雨留人入醉鄉」兩句的注腳。

　　後兩句以絕色美人來讚譽西湖，賦予西湖生命之美。詩人巧妙地將「西湖」比喻成西施，兩者之間，除了從字面看都有一個「西」字外，詩人的著眼點在神韻上，與想像中的西施之美有只可意會不可言傳的相似之處。「西子」無論濃施粉黛，還是淡掃蛾眉，都是風姿綽約的，而西湖無論是晴天的「水光瀲灩」，還是雨中的「山色空濛」，都難掩其無盡的魅力。

　　蘇軾對西湖情有獨鍾，對杭州百姓更有深厚的感情，曾兩度到杭州做官，合計大約五六年的時間，在詩人心中和眼中，「淡妝濃抹」的西湖或晴或雨，都是極其美好的景緻。

📖 拓展

　　西湖的別稱是「西子湖」，即從蘇軾的這首詩中而來。西施與王昭君、貂蟬、楊玉環並稱為「古代四大美女」，其中西施居首。西施出生於＿＿＿＿＿，其父賣柴，其母浣紗，西施亦常浣紗於溪，故又稱浣紗溪。西施貌若天仙，增半分嫌腴，減半分則瘦，西施一詞遂為美女之代稱。《墨子》曰：「自古至今，以女色亡國者，世皆罪於女，唯西子例外。」

　　A. 越國會稽　B. 越國紹興　C. 吳國湖州　D. 吳國丹陽

═══ 廿二 ═══

題破山寺後禪院

［唐］常建

　　清晨入古寺①，初日照高林②。
　　曲徑③通幽處，禪房④花木深。
　　山光悅鳥性⑤，潭影⑥空人心。
　　萬籟此俱寂，但餘鐘磬音。

📖 注釋

　　①古寺：此處指破山寺，即興福寺。②高林：高處之林。③曲徑：彎彎曲曲的小路。一作「竹徑」。④禪房：僧人居住修

行的房舍。⑤悅鳥性：使飛鳥歡悅。⑥潭影：潭水中的倒影。⑦空人心：使人心清淨。⑧萬籟：自然界萬物發出的各種響聲。⑨俱寂：一作「都寂」，如《全唐詩》中。⑩鐘磬（ㄑㄧㄥˋ）：指佛教法器的鐘、磬。

📖 **譯文**

清晨我進入這座破山寺，旭日照在高高的山林上。

彎曲的小路通向幽深處，禪房掩映在茂盛花叢中。

明媚的山光使飛鳥歡悅，潭水清澈令人俗念全消。

此時萬物都已沉默靜寂，只留下敲鐘擊磬的餘音。

📖 **賞析**

詩人常建留存於世的文學作品不多，此詩卻能美到極致，而且留下「曲徑通幽」、「萬籟俱寂」兩個成語，可見詩人詩詞水平之高，人們會因為這兩句詩，而記住整首詩。詩人以凝練簡潔的文字描繪出幽深寂靜的境界，表達詩人遊覽名勝的喜悅和對高遠境界的強烈追求。

首聯進入破山寺，旭日初昇，光照叢林。寥寥幾筆已經描繪出佛家禪院之境，有金光普照、人心清澈、歡喜光明之感，語言簡潔明淨，感染力強。

頷聯「曲徑通幽處」的「曲」、「幽」二字表現幽深清靜的環

境。詩人穿過寺中竹林小路，走到幽深的後院，發現誦經禮佛的禪房就掩映在花叢樹林深處。「深」字一是表現了禪院花木繁茂，二是所處的環境越來越幽深，越來越安靜，能夠讓人忘記現實中的煩憂，也越來越走向自己的內心。既有一種超凡出塵的淡定，也有一種不能言表的孤寂。

頸聯層層深入，具有空間代入感。舉目望見山光明媚，鳥兒自由自在，愉悅歡唱；俯首望見一潭碧水，清澈透明，景色清新。一個「悅」字表達詩人從中感受到的歡喜；一個「空」字表現詩人此刻心中塵世雜念全消的精神狀態。

尾聯詩人從陶醉於眼前美景，進入冥想狀態。寺院誦經，敲鐘開始，敲磬停歇，此時禪院籠罩在清脆的鐘磬聲中，悠揚深邃的鐘磬聲在空曠山谷中越傳越遠，把詩人的思緒拉回現實，把讀者的思緒引到更遠的詩外。正是由於詩人著力於構思和創造，這首詩才能引人入勝，耐人尋味。

📖 拓展

《題破山寺後禪院》以寫景表達「禪意」，獨突一個「靜」字。詩中「破山寺」是現在的＿＿＿＿。南齊年間以倪德光的宅院為寺，初名「大悲寺」，西元五三九年，大修並擴建，改名「福壽寺」，又稱「破山寺」。

A. 安吉興福寺　B. 常熟興福寺　C. 寧化興福寺　D. 海寧興福寺

廿三

終南別業①

［唐］王維

中歲②頗好③道④，晚家⑤南山陲⑥。

興來 每獨往，勝事 空自知。

行到水窮 處，坐看雲起時。

偶然值 林叟，談笑無還期。

📖 注釋

①終南別業：終南山中的別墅。②中歲：中年。③好（ㄏㄠ
ˋ）：喜好。④道：這裡指佛教。⑤家：安家。⑥南山陲：在終
南山腳下。⑦興來：興致來。⑧勝事：美好的事。⑨窮：窮盡，
盡頭。⑩值：遇到。林叟（ㄙㄡˇ）：林中老翁。無還期：沒有
回歸的時間。

📖 譯文

中年以後內心非常喜好佛教，晚年索性定居在南山腳下。

興致來時常常一人獨來獨往，這種樂趣只有我自己知道。

閒情漫步竟然走到水的盡頭，坐下來停歇仰望雲起雲落。

山林深處偶然遇見一位老者，與他談笑之間忘記了歸期。

📖 賞析

　　這首詩是王維晚年的代表作，詩中「行」、「坐」、「談」、「笑」句句不說在別業，卻句句不離開別業，寫盡隱居獨身時那種怡然自樂、隨遇而安之情。詩人不問世事，不刻意探幽尋勝，而能隨時隨處領略到大自然的種種美好。

　　首聯敘述詩人中年以後就開始厭惡世俗而信奉佛教，晚年索性定居在終南山腳下，過起隱居的生活，點明詩人隱居奉佛的人生歸宿和思想歷程。頷聯寫詩人獨處時的興致和欣賞美景時的樂趣。山林的生活自在無比，興致來臨之時，每每獨往山中信步閒走，那快意自在的感受只有詩人自己能心領神會。上一句「獨往」寫出詩人的勃勃興致，下一句「自知」又寫出詩人欣賞美景時的自我陶醉。

　　「行到水窮處，坐看雲起時」是心情悠閒達到極點的象徵，也是流傳千古的名句。「行到水窮處」是說隨意而行，走到哪裡算哪裡，然而不知不覺，竟走到溪水的盡頭，坐下來看那些飄忽不定、形態各異的白雲，能讓人體會到最悠閒、最自在的境界。「雲起時」還寓意官場上你方唱罷我登場的變化無常。

　　尾聯寫詩人在山間偶然碰到了「林叟」，談笑之間忘記了時間，忘記了歸期。表達詩人以山水為樂、從容淡泊的情感，其中也隱喻詩人醉情山水，忘卻塵世，忘記廟堂。試想，閒看雲

起雲落，偶然遇到熟識的人還能與其說笑半天，如此豁達的生活，何嘗不是人生美事呢？

📖 拓展

王維出身在封建官僚家庭，少年時代活動於諸王貴戚之間，中進士後任太樂丞，負責音樂、舞蹈教習。後被貶官在外，最高官至＿＿＿＿。晚年早已厭倦仕途，過著半官半隱的生活，故曰「中歲頗好道，晚家南山陲」，開始吃齋奉佛，悠閒自在，想超脫這個煩擾的塵世。

A. 吏部侍郎　　B. 尚書右丞　　C. 御史中丞　　D. 尚書左僕射

═══ 廿四 ═══

夏日絕句

[宋] 李清照

生當作人傑①，死亦為鬼雄②。
至今思項羽③，不肯過江東④。

📖 注釋

①人傑：漢高祖曾稱開國功臣張良、蕭何、韓信是人傑。此處指才智傑出的人。②鬼雄：鬼中之雄傑。此處指為國捐軀者。③項羽：秦亡後稱西楚霸王，封六國貴族為王。後與劉邦

進行了四年的楚漢戰爭，兵敗垓下，於烏江邊自殺。④江東：長江以南的地區，項羽當初隨叔父項梁起兵的地方。

📖 **譯文**

活著時應做才智傑出的人，死也要做為國獻身的英雄。

到今天人們還在懷念項羽，因為他不肯忍受屈辱回鄉。

📖 **賞析**

素有「千古第一才女」之稱的李清照，擅長作詞，其詞獨樹一幟，自成一家，人稱「易安體」。她留存下來的詩僅有幾首，這是唯一一首借古諷今，抒發悲憤之情的懷古五言絕句。全詩僅二十個字，卻連用三個典故，可謂字字珠璣。

前兩句便語出驚人，直抒胸臆，讓人肅然起敬。提出大丈夫「生當作人傑」，為國建功立業，報效朝廷，即使「死」了，也應該做為國捐軀的「鬼雄」，抒發好男兒當以慷慨悲壯，絕不苟且偷生之志。深深的愛國之情噴湧而出，震撼人心。「人傑」是人中的豪傑，出自漢高祖劉邦在洛陽南宮大擺酒宴，歡慶滅項羽、建大漢的最終勝利。當時，劉邦說：「夫運籌帷幄之中，決勝於千里之外，吾不如子房；鎮國家，撫百姓，給饋餉，不絕糧道，吾不如蕭何；連百萬之軍，戰必勝，攻必取，吾不如韓信。此三者皆人傑也。」「鬼雄」是鬼中的英雄，源於屈原《國殤》中：「身既死兮神以靈，子魂魄兮為鬼雄」。前兩句讀之令人

熱血沸騰，這種崇高的境界與非凡的氣勢令全詩字字擲地有聲。

後兩句繼續透過用典的形式歌頌項羽自刎的悲壯，諷刺南宋當權者不思進取，暗指自己丈夫苟且偷生的無恥行徑。項羽最壯烈的舉動當屬自刎前言「無顏見江東父老」，他放棄暫避江東重整旗鼓的機會而自殺身亡。「不肯過江東」五個字，將「士可殺不可辱」的英雄豪氣力透紙背，「至今」二字從時間與空間上將歷史與現實巧妙地結合在一起，透出借懷古以諷今的深刻用意，抒發詩人認為人生在世當生死無愧、國家民族大義的思想。

📖 拓展

西元一一二七年，金兵入侵中原，擄走徽、欽二帝，趙宋王朝被迫南逃。西元一一二九年，李清照的丈夫趙明誠出任＿＿＿＿＿期間，不思平叛，在城中爆發叛亂時，利用繩子從城牆上逃跑了。李清照深為丈夫臨陣脫逃的行為感到羞愧，雖然並無爭吵，但創作了這首《夏日絕句》，趙明誠聞聽之後愧悔難當，一蹶不振，不久便急病發作而亡。

A. 紹興知府　　B. 臨安知府　　C. 江陵知府　　D. 建康知府

廿五

如夢令・常記溪亭日暮

[宋] 李清照

常記①溪亭②日暮，沉醉不知歸路。

興盡③晚回舟，誤入藕花④深處。

爭渡⑤，爭渡，驚起一灘鷗鷺⑥。

📖 注釋

①常記：經常想起。②溪亭：臨溪水的亭子。③興盡：此處指盡了酒宴興致。④藕花：荷花。⑤爭渡：一為爭是疑問代詞，如何渡過，怎樣渡過的意思；一為爭是爭奪，奮力地划船渡過的意思。⑥鷗鷺：鷗鳥和鷺鳥的統稱，泛指水鳥。

📖 譯文

經常想起在溪邊亭子中玩到日暮，沉醉在其中忘記回家的路。

玩到盡興後才乘舟返回，卻走錯了路，小船誤闖進藕花深處。

怎麼出去呢，奮力划船渡過，水中鷗鷺被槳聲驚得四處飛散。

📖 賞析

　　現存李清照《如夢令》詞有兩首，都是記遊之作，都寫了酒醉之後的心境，大約都是李清照十六歲前後的作品。這首《如夢令‧常記溪亭日暮》描寫詩人在少女時代獨有的歡樂遊玩時光，描述了生活情趣和生活狀態。整首詞景色優美怡人，手法雋永流暢，也是學生時期領略宋詞的開篇作品。

　　開頭兩句顯示詞人自由自在、心底歡愉的心境。「常記」說明這次溪亭郊遊在詞人記憶中印象很深刻。「溪亭」是具體地點，「日暮」是具體時間，「沉醉不知歸路」是敘述事由。其中從「沉醉」一詞中可知詞人和她的朋友們遊玩時，開懷暢飲時間已經很久，描繪出少年時期的李清照歲月靜好，恣意灑脫的生活狀態。

　　第三、四句寫盛放的荷花叢中正有一葉扁舟，舟上是盡興歸來迷失歸路的一群少年。詞人選取「興盡」之後才返回，歸途中又用「誤入」的情景來加以描繪，讓讀者「窺一斑而知全豹」，就此想像出他們這一整天的郊遊是何等歡快，何等令人難忘。「晚回舟」同「日暮」相呼應，「誤入」同「不知歸路」相關聯，「藕花深處」則同「溪亭」相照應，說明是層層遞進的關係。

　　最後兩句，一連兩個「爭渡」，表達了主角急於從迷途中找尋出路的焦灼心情。也有理解為前一個「爭渡」的「爭」是疑問代詞，表示如何渡過，怎樣渡過的意思，後一個「爭渡」是奮力地划船渡過的意思。正是由於一群少男少女們的「爭渡」，聒噪

聲、船槳聲、擊水聲夾雜著叫喊聲，把棲息在這「藕花深處」的一群水鳥都嚇飛了，水面上自然又是一片歡聲笑語。至此戛然而止，卻把這樣溢著青春氣息，自然真切的畫面，永遠定格在一千年前。

📖 **拓展** ··

　　李清照自幼生活在文學氛圍濃厚的家庭裡，父親李格非是蘇軾的學生。李清照少年時代隨父親生活於汴京，優雅的生活環境，特別是京都的繁華景象，激發了她的創作熱情，著名的＿＿＿＿＿將人物心理情緒刻劃得栩栩如生，極盡傳神之妙，一出現便轟動了整個京都。

　　A.《醉花陰·薄霧濃雲愁永晝》　B.《一剪梅·紅藕香殘玉簟秋》　C.《如夢令·常記溪亭日暮》　D.《如夢令·昨夜雨疏風驟》

═══ **廿六** ═══

點絳唇·感興

［北宋］王禹偁

　　雨恨雲愁，江南依舊稱佳麗①。水村漁市，一縷孤煙②細。

　　天際征鴻③，遙認行④如綴⑤。平生事，此時凝睇⑥，誰會⑦憑欄⑧意。

📖 注釋

①佳麗：景色秀美。②孤煙：炊煙。③征鴻：遷徙的大雁。④行（ㄏㄤˊ）：雁行。⑤綴（ㄓㄨㄟˋ）：連線，組合。⑥凝睇（ㄉㄧˋ）：凝視。⑦會：理解。⑧憑欄：倚靠欄杆。一作「憑闌」。

📖 譯文

陰雲堆積愁緒縈繞，江南景色依舊秀美如畫。

看見遠處水村漁市，一縷炊煙孤零零地升起。

天邊大雁正在遷徙，遙望雁群一行連線一行。

此時回想平生往事，誰理解倚欄凝視的含義。

📖 賞析

「感興」即有感而發，透過描繪江南水鄉的雨景，含蓄而凝練地表達了自己報國濟民的遠大抱負和無人理解、屢遭貶謫的苦悶心情。

起句「雨恨雲愁」勾勒出一個典型環境，有力地烘托出整首詞的感情基調。江南多雲多雨的日子往往令人感到惆悵，而詞人看到濛濛的雨幕中，村落漁市點綴湖邊水畔。一縷淡淡的炊煙，從村落上空裊裊升起，陰雨中也無損於江南的秀麗景色。「雲」和「雨」本身沒有哀愁，「雨恨雲愁」自然是詞人此時此刻主觀感覺的強烈外射，是詞人內心鬱積愁悶已久的外在表達。

「孤」和「細」二字也暗示了詞人淒清傷感的情緒。這是眼前景，更是心中景，人間煙火氣，最撫凡人心，表達了詞人心緒煩亂與憂愁悵然。

下闋首句「天際征鴻，遙認行如綴」承上闋寫景而來，水天相連的遠處，一行大雁，首尾相連，向南而飛。「征」字寫鴻雁飛行之遠，「綴」字寫出雁群相連之密，「天際」和「遙認」寫大雁飛行之高。此時詞人目送雁去，想起自己的抱負志向，不由思潮翻滾，發出了「平生事，此時凝睇，誰會憑欄意」的喟嘆。王禹偁（ㄔㄥ）中進士後，只做了長洲知縣，心中萬丈豪情便只剩下「一縷孤煙細」了，期許人生的輝煌更是「遙認行如綴」。既然無法實現他胸中的理想，於是他恨無知音，愁無雙翼，不能像「征鴻」一樣展翅高飛。

📖 拓展

宋朝初年朝廷優待文臣，且提倡詩賦酬唱，但大都存有唐末以來浮靡文風，後來發展為詩派，形成「白體」、「西崑體」、「晚唐體」三家。王禹偁的詩詞屬於＿＿＿，他旗幟鮮明地反對艱深晦澀，雕章琢句，為後來的歐陽修、梅堯臣等人的詩文革新運動開闢了道路。歐陽修和蘇軾都十分仰慕王禹偁，蘇軾稱他「以雄風直道獨立當世」。

A.「白體」　B.「西崑體」　C.「晚唐體」　D.「宋體」

═══ 廿七 ═══

六月二十七日望湖樓醉書（其一）

[北宋] 蘇軾

黑雲翻墨①未遮山，白雨②跳珠亂入船。

卷地風來③忽吹散，望湖樓下水如天④。

📖 注釋

①翻墨：打翻的墨水。②白雨：指大而猛的雨。③卷地風來：狂風席地捲來。④水如天：形容水面像天空一樣開闊。

📖 譯文

烏雲如打翻的墨汁還沒有遮住山巒，暴虐雨點似珍珠跳來跳去鑽進船。

一陣狂風席捲而來瞬間把雲層吹散，雨後望湖樓下波光粼粼水天一片。

📖 賞析

西元一〇七二年，蘇軾在杭州任職。這年六月二十七日，他坐船遊覽西湖，欣賞湖光山色後又到望湖樓上喝酒，他一面飲酒，一面吟詩，共寫下五首七言絕句。此為第一首，寫詩人坐船遊覽時，親歷西湖上一場風雨變幻的景象，用詞精當，形

象逼真，饒有趣味。

　　首句描寫雨前，詩人在船中忽然見到遠處天邊湧來一大片黑雲，就像打翻了一盆墨汁，半邊天空霎時昏暗。「未遮山」說明此時烏雲來得極快，遠處甚至還有山巒晴空的景色，一個「未」字，讓「翻墨」活了，能展現出這個瞬間，就好像翻滾的墨汁正在快速散開，逐漸遮住遠望的視線。

　　次句描寫雨中。眨眼間，便潑下一場傾盆大雨。「白雨」形容雨勢猛烈，與「黑雲」相呼應，而「亂」字讓人切實感覺到暴雨之大，落下的雨水，互相撞擊，沒有任何規律可循，水珠四濺，就像白色的「跳珠」，跳來跳去，無法掌控，將雨打遊船刻劃得十分形象。

　　第三句描寫風來雨停。忽然一陣狂風把烏雲和暴雨刮走了，「卷地風」說明急雨驟停的原因，是夏季急雨的如實描寫，「忽」字則說明這風速極快，威力巨大，這場「白雨跳珠亂入船」的大雨，彷彿是一場別具一格的即興表演。

　　末句描寫雨過天晴。雨後湖面依舊是一片平靜，水映著天，天照著水，碧波如鏡，又是一派溫柔明媚的風光。用「水如天」和「卷地風」對照，用「亂入船」與「未遮山」比較，都顯出詩人善於捕捉細節，創作源於靈感，構思用心巧妙，將一場天氣現象描繪得令人神清氣爽，眼前陡然一亮，耳目一新，境界大開。

📖 拓展

　　寫此詩的前一年，蘇軾上書談論新法的弊病，王安石聞之頗感憤怒，於是讓御史在神宗面前陳述蘇軾的過失。蘇軾於是請求出京任職，被授為_____，這是蘇軾第一次赴杭州任職。西元一〇八九年，蘇軾第二次到杭州做官，在西湖築長堤，在堤上種植芙蓉、楊柳，望去好似圖畫，杭州人把長堤命名為蘇公堤。

　　A.杭州知州　B.杭州通判　C.杭州知府　D.杭州團練副使

═══ 廿八 ═══

曉出淨慈寺送林子方（其二）

〔南宋〕楊萬里

　　畢竟①西湖六月中，風光不與四時②同。
　　接天蓮葉無窮碧，映日荷花別樣紅。

📖 注釋

　　①畢竟：到底，終究。②四時：春夏秋冬四個季節。此處指六月以外的其他時節。

📖 譯文

畢竟西湖六月的景色風光，和其他時節會迥然不同。

碧綠的蓮葉延伸直到天際，映日的荷花才特別鮮紅。

📖 賞析

乍一看，這是一首描寫杭州西湖六月美麗景色的詩，但題目中卻是送別之作，故需與第一首「出得西湖月尚殘，荷花蕩裡柳行間。紅香世界清涼國，行了南山卻北山」連繫在一起賞析。第一首委婉地表達了此處是「紅香世界」，此時是「清涼國」，再連繫題目是「送林子方」來分析，就能明白詩人的用意了。林子方是南宋乾道年間（西元一一六五至一一七三年）進士，曾擔任直閣祕書，負責給皇帝草擬詔書，如今被調離皇帝身邊，遠赴福州任職。林子方自以為是仕途升遷，但楊萬里卻不這麼想，在與林子方離別之際，寫下兩首詩以寄之，其實是勸告林子方不要去福州任職。

開篇即說到底是西湖六月天的景色，風光與其他季節確實不同。「畢竟」二字突出了六月西湖風光獨特，非同一般。「畢竟」二字也是承接和總結第一首詩，突出時間、地點和此時此地的特點。看似樸實無華，實則另有深意。表面這裡強調的是「西湖六月」的「風光」與眾不同，實則「西湖」是都城臨安的代稱，詩人在這裡是告訴林子方：「畢竟」臨安是王朝的政治中心，直

閣祕書一職在皇帝身邊，離政治中心最近，「風光」才是最美的。

後兩句抓住了盛夏時期特有的景物，概括而又貼切地寫出六月中荷花最旺盛時期的西湖圖景。隨著湖面而伸展到盡頭的荷葉與藍天融合在一起，造成了「無窮」的藝術空間，塗染出無邊無際的碧色。在這一片碧色的背景上，又點染出陽光映照下的朵朵荷花，紅得那麼嬌豔，那麼明麗。詩中虛實相間，也另有深意，「天」和「日」分別隱喻朝廷和皇帝。「蓮葉」和「荷花」同為一種，只是部位不同，藉此暗喻朝中官員。其實是說給林子方：只有在這裡才能得到皇帝的恩寵，只有在皇帝的身邊，才能官運亨通，仕途通達。

📖 拓展

　　楊萬里被譽為一代詩宗。他的命運與白居易因詩中「賞花」及「新井」文字牽連不同，也與蘇軾受烏臺詩案被貶不同，楊萬里即便晚年一再辭官，不奉召、不赴任、不入朝，仍被進封廬陵郡開國侯，七十八歲時在家中去世，朝廷追贈楊萬里為＿＿＿＿＿。他一生寫詩兩萬多首，多委婉含蓄，寄寓深意，值得後人細細咀嚼。

　　A. 光祿大夫　　B. 太子太傅　　C. 榮祿大夫　　D. 太中大夫

廿九

舟過安仁

[南宋] 楊萬里

一葉漁船兩小童，收篙①停棹②坐船中。

怪生③無雨都張傘，不是遮頭是使風④。

📖 **注釋**

①篙（ㄍㄠ）：撐船用的竹竿或木桿。②棹（ㄓㄠˋ）：划船的工具，形狀如船槳。③怪生：怪不得。④使風：使用風力。

📖 **譯文**

一艘漁船上有兩個小孩，他們收起船篙，停下船槳，坐在船中。

怪不得沒下雨卻張開傘，原來不為遮雨，是借風力，讓船前行。

📖 **賞析**

楊萬里是南宋著名詩人，與陸游、尤袤、范成大並稱為「中興四大詩人」。因宋光宗曾為其親書「誠齋」二字，故稱其為「誠齋先生」。本首詩作於西元一一九二年，楊萬里上書言事，得罪宰臣，因而改任贛州知州，楊萬里並未就職，於八月稱病回歸

吉水，乘舟路過安仁縣（今江西鷹潭市餘江區）時，描寫途中所見到的情景。這首詩淺白如話卻充滿情趣，展示了無憂無慮的兩個小童充滿童稚的行為，描寫出只有孩童才有的奇思妙想，從中也可以看出詩人對孩子們可愛天性的喜愛之情。

前兩句是詩人遠觀的情景，淺顯易懂，充滿情趣。兩個小孩之所以引起了詩人的注意，是因為他們「收篙」、「停棹」很不合常理，這兩個小童只安然地坐在船上，也鋪陳引出下文。

後兩句直接解答了詩人的疑惑。「怪生無雨都張傘，不是遮頭是使風。」兩個小孩在沒下雨的天氣裡也張開傘，原來「張傘」不是為了遮雨，而是使風吹動傘，傘給了他們和「船槳」一樣的力量，聰明的「兩小童」藉助風力使小船依然能夠前進，確實是個好主意。可能是詩人觀察後發現的，也可能是詢問兩個小孩，小孩把原因講給他聽的，詩人讚嘆兩個小孩的聰明，也對他們的童真和稚氣頗為欣賞。

楊萬里的詩往往清新活潑，以小見大，細節之處刻劃傳神，生趣盎然。一些生活中小事，自然界中小景，到了楊萬里的筆下，總是充滿無窮的情趣。如描寫小雨的「雨來細細復疏疏，縱不能多不肯無」；描寫小池的「小荷才露尖尖角，早有蜻蜓立上頭」。字裡行間處處流露出詩人灑脫的胸襟與靈動的情思，充滿著詩人對自然新奇、對人生敏銳的感觸。

📖 **拓展**

　　楊萬里非常善於捕捉和利用兒童稚態，如《宿新市徐公店》的「兒童急走追黃蝶，飛入菜花無處尋」；《初夏睡起》的「日長睡起無情思，閒看兒童捉柳花」；_____的「稚子金盆脫曉冰，彩絲穿取當銀鉦。敲成玉磬穿林響，忽作玻璃碎地聲」。都可以看出詩人童心不泯、稚趣盎然的心態。

　　A.《玉磬穿林》　B.《金盆曉冰》　C.《稚子弄冰》　D.《閒看小童》

═══ 三十 ═══

所見

[清]袁枚

　　牧童①騎黃牛，歌聲振②林樾③。

　　意欲④捕鳴蟬，忽然閉口立。

📖 **注釋**

　　①牧童：是指放牧牛、羊的兒童，出自《呂氏春秋·疑似》。②振：振盪，迴盪。③林樾（ㄩㄝˋ）：林木，林間隙地。此處指道旁成蔭的樹林。④意欲：想要。

📖 **譯文** ···

一個牧童騎在黃牛背上，嘹亮的歌聲在林中迴盪。

因為突然想捉樹上的蟬，立刻閉嘴安靜地站立住。

📖 **賞析** ···

袁枚是清代中期最有影響力的詩人之一，其詩選材多為人
們司空見慣的日常生活，雖然缺乏深刻的社會意義，但貼近詩
人基本的生活狀態，而顯得更加真切。這首《所見》是一首反映
兒童生活的小詩，詩中用白描的手法描寫了一個充滿童趣的生
活畫面，讚美活潑、自在和天真無邪的牧童形象。

前兩句刻劃了一個無憂無慮、天真活潑的孩童。「牧童騎黃
牛」是生活中常見的鏡頭，很難引起人們的關注，反而在詩人
的眼中，這個小牧童天真活潑、悠然自得的可愛模樣深深地吸
引了他。「騎」字直接寫出牧童出場的姿勢，「振」字則間接點出
牧童此時的心情。透過「騎」和「振」兩個動詞，加之「黃牛」一
步一步緩慢地前行，把牧童那種悠閒自在、無憂無慮的心情和
盤托出來了。「牧童」與「黃牛」親密無間，和諧相伴，完全陶
醉在大自然的美景之中，愉快的心情自然能夠透過「歌聲」傳遞
出來。

後兩句仍然是描寫牧童的神態，用「意欲」做了轉折，轉為
描寫牧童的心理活動。大暑節氣過後，蟬鳴開始響亮，蟬在樹

上大鳴大放，吸引了牧童的注意力。第四句用「忽然」一詞，把這個牧童發現樹上鳴蟬時的那種驚喜心情和機警性格栩栩如生地表現出來。「忽然」二字還起由響轉靜、由行轉停的作用，把小牧童閉口注目「鳴蟬」的瞬間神態捕捉得恰到好處，刻劃得韻味十足，而且能從「牧童」身上找到詩人兒時的影子。

📖 拓展

　　袁枚是清朝詩人、散文家，還是著名的美食家，其所著的_____以隨筆的形式，細膩地描摹了乾隆年間江浙地區的飲食狀況與烹飪技術，自問世以來，長期被公認為廚者的經典。現在看此書，仍然非常實用，不難發現，中華料理幾百年來沒有多少根本性的變化，他推崇的美食做法，如今仍然廣受追捧。

　　A.《菽園雜記》　B.《隨園食單》　C.《飲膳正要》　D.《飲食須知》

夢遊天姥吟留別

［唐］李白

海客談瀛洲，煙濤微茫信難求。

越人語天姥，雲霞明滅或可睹。

天姥連天向天橫，勢拔五嶽掩赤城。

天臺四萬八千丈，對此欲倒東南傾。

我欲因之夢吳越，一夜飛度鏡湖月。

湖月照我影，送我至剡溪。

謝公宿處今尚在，淥水蕩漾清猿啼。

腳著謝公屐，身登青雲梯。

半壁見海日，空中聞天雞。

千巖萬轉路不定，迷花倚石忽已暝。

熊咆龍吟殷巖泉，慄深林兮驚層巔。

雲青青兮欲雨，水澹澹兮生煙。列缺霹靂，丘巒崩摧。

洞天石扉，訇然中開。

青冥浩蕩不見底，日月照耀金銀臺。

霓為衣兮風為馬，雲之君兮紛紛而來下。

虎鼓瑟兮鸞回車，仙之人兮列如麻。

忽魂悸以魄動，怳驚起而長嗟。

唯覺時之枕蓆，失向來之煙霞。

世間行樂亦如此，古來萬事東流水。

別君去兮何時還？

且放白鹿青崖間，須行即騎訪名山。

安能摧眉折腰事權貴，使我不得開心顏！

名句摘錄

孟夏草木長，繞屋樹扶疏。

—— 陶淵明《讀山海經‧其一》

蟬噪林逾靜，鳥鳴山更幽。

—— 王籍《入若耶溪》

清水出芙蓉，天然去雕飾。

—— 李白《經亂離後天恩流夜郎憶舊遊書
懷贈江夏韋太守良宰》

若耶溪傍採蓮女，笑隔荷花共人語。

—— 李白《採蓮曲》

大鵬一日同風起，扶搖直上九萬里。

—— 李白《上李邕》

別有幽愁暗恨生，此時無聲勝有聲。

—— 白居易《琵琶行》

同是天涯淪落人，相逢何必曾相識！

—— 白居易《琵琶行》

花非花，霧非霧。夜半來，天明去。

—— 白居易《花非花》

曾經滄海難為水，除卻巫山不是雲。

—— 元稹《離思五首·其四》

十年一覺揚州夢，贏得青樓薄倖名。

—— 杜牧《遣懷》

綠樹陰濃夏日長，樓臺倒影入池塘。

—— 高駢《山亭夏日》

看似尋常最奇崛，成如容易卻艱辛。

—— 王安石《題張司業詩》

殷勤昨夜三更雨，又得浮生一日涼。

—— 蘇軾《鷓鴣天·林斷山明竹隱牆》

日啖荔枝三百顆，不辭長作嶺南人。

—— 蘇軾《惠州一絕》

謝卻海棠飛盡絮，困人天氣日初長。

—— 朱淑真《初夏》

我見青山多嫵媚，料青山見我應如是。

—— 辛棄疾《賀新郎·甚矣吾衰矣》

慟哭六軍俱縞素，衝冠一怒為紅顏。

—— 吳偉業《圓圓曲》

莫唱當年長恨歌，人間亦自有銀河。

—— 袁枚《馬嵬》

苔花如米小，也學牡丹開。

—— 袁枚《苔》

長亭外，古道邊，芳草碧連天。晚風拂柳笛聲殘，夕陽山
外山。

—— 李叔同《送別》

拓展答案

四月·孟夏	答案	五月·仲夏	答案	六月·季夏	答案
初一	D	初一	D	初一	B
初二	D	初二	C	初二	D
初三	D	初三	A	初三	C
初四	D	初四	B	初四	D
立夏	C	芒種	D	小暑	C
初六	D	初六	A	初六	B
初七	A	初七	C	初七	A
初八	D	初八	C	初八	B
初九	B	初九	D	初九	B
初十	A	初十	C	初十	D
十一	D	十一	B	十一	A
十二	B	十二	D	十二	C
十三	C	十三	B	十三	B
十四	A	十四	C	十四	B
十五	C	十五	A	十五	C
十六	A	十六	B	十六	A
十七	B	十七	B	十七	B

四月·孟夏	答案	五月·仲夏	答案	六月·季夏	答案
十八	A	十八	A	十八	C
十九	B	十九	A	十九	C
小滿	B	夏至	C	大暑	D
廿一	C	廿一	D	廿一	B
廿二	A	廿二	A	廿二	B
廿三	A	廿三	A	廿三	B
廿四	C	廿四	B	廿四	D
廿五	C	廿五	A	廿五	D
廿六	D	廿六	B	廿六	A
廿七	A	廿七	B	廿七	B
廿八	D	廿八	A	廿八	A
廿九	B	廿九	A	廿九	C
三十	D	三十	C	三十	B

電子書購買

爽讀 APP

國家圖書館出版品預行編目資料

一日一首古詩詞‧夏：詩詞如夏日的微風，生命、希望與再生的歌頌 / 陳光遠，陳秉志 著 . -- 第一版 . -- 臺北市：崧燁文化事業有限公司，2024.06
面；　公分
POD 版
ISBN 978-626-394-379-7(平裝)
831　　　　113007543

一日一首古詩詞‧夏：詩詞如夏日的微風，生命、希望與再生的歌頌

臉書

作　　　者：陳光遠，陳秉志
發 行 人：黃振庭
出 版 者：崧燁文化事業有限公司
發 行 者：崧燁文化事業有限公司
E - m a i l：sonbookservice@gmail.com
粉 絲 頁：https://www.facebook.com/sonbookss/
網　　　址：https://sonbook.net/
地　　　址：台北市中正區重慶南路一段 61 號 8 樓
8F., No.61, Sec. 1, Chongqing S. Rd., Zhongzheng Dist., Taipei City 100, Taiwan
電　　　話：(02) 2370-3310　　傳　　　真：(02) 2388-1990
印　　　刷：京峯數位服務有限公司
律師顧問：廣華律師事務所 張珮琦律師

定　　　價：320 元
發行日期：2024 年 06 月第一版
◎本書以 POD 印製